LES AMOURS D’ALFRÉD

DU MÊME AUTEUR
CHEZ POCKET

Les Dix Vœux d'Alfréd
Les Amours d'Alfréd

MAUDE MIHAMI

LES AMOURS D'ALFRÉD

NIL

MIXTE
Papier issu de sources responsables
FSC® C003309

Pocket, une marque d'Univers Poche,
est un éditeur qui s'engage pour la préservation
de l'environnement et qui utilise du papier fabriqué
à partir de bois provenant de forêts gérées
de manière responsable.

ISBN : 978-2-266-30696-6
Dépôt légal : juin 2020

Table

À mon P'tit Monsieur
À mes Préférés

Elle est d'une beauté,
que personne ne pourra la résister.
Elle sent le sucré,
qu'on pourrait la manger.
Ses cheveux sont dorés,
comme une baguette
de chez Gouillette.
Elle ressemble à un ange,
qui aurait une frange.
Devinez c'est qui ?
C'est Annie.

Alfréd

Chapitre 1

On a fait un peu d'connaissance, elle et moi

Un aboiement résonna aux oreilles d'Alfréd. Il se tourna dans son lit. Sa joue vint se cogner contre quelque chose de dur et froid. Il grogna et poussa l'objet qui tomba sur la moquette. Il s'était endormi sur le dictionnaire flambant neuf qu'Agnès, sa mère, venait de lui offrir pour son dixième anniversaire. *Le Petit Robert* portait mal son nom, il était tout, sauf petit. Le gamin avait calculé qu'en en lisant entre cinq et six pages par soir, il l'aurait terminé pour ses onze ans. Mais c'était moins amusant que ce qu'il s'était imaginé. Il y avait tant de mots qui commençaient par la lettre « A » que, s'il continuait à cette allure, il aurait moins de dents que son papi quand il arriverait à « Z ». La maison était calme. Agnès devait encore dormir. Elle lui avait pourtant promis d'aller chercher des œufs chez Alfred-le-vieux, son grand-père, pour son petit déjeuner. Elle s'était solennellement engagée à faire des efforts, mais se lever tôt un samedi matin, c'était sans doute trop lui demander. Tant pis, il irait lui-même. Le soleil filtrait à travers les volets fermés. Ça promettait d'être une belle journée ! Après la corvée des courses au Prisunic, il irait à la pêche avec Eugène et son papi. On trouvait plus de grenouilles que de poissons dans l'Affreuse, le ruisseau du coin, mais c'était une bonne partie de rigolade à chaque fois. Ils s'installaient sur la plage pouilleuse, un mini-bout de terre pas vraiment confortable, juste au ras de l'eau, recouvert de feuilles mortes et de brindilles. En se serrant bien, on pouvait s'y asseoir à trois et tremper les pieds dans la vase en se partageant un saucisson. Peut-être même qu'il aurait le droit de boire un p'tit coup de trouspignôle, vu que son vénérable papi l'y avait autorisé le soir de leurs anniversaires, une semaine plus tôt. Jusqu'ici, il lui avait formellement interdit d'y toucher. Il ne voulait pas que son petit-fils finisse alcoolo comme la plupart des copains du bistrot, et surtout comme sa mère, qui avait un vilain penchant pour la bouteille. Le gamin avait juré, craché, qu'il ne picolerait jamais comme un pochtron (de toute façon, ça ne lui disait trop rien de finir tout bouffi avec une grosse fraise à la place du nez). Il avait vidé son verre cul sec comme un homme et son papi l'avait pris dans ses bras. Ça n'arrivait pas souvent. Alfred-le-vieux sentait la ferme, la terre et le bois. C'était l'odeur préférée d'Alfréd. Il espérait pouvoir s'en souvenir toute sa vie. Pour ce qui est de la trouspignôle, c'était une autre histoire. Il n'avait pas trouvé ça terrible. En vérité, c'était dégoûtant. Ça lui avait rappelé la liqueur que sa mère lui donnait à chaque changement de saison. Un mélange d'ail et d'eau-de-vie qu'Agnès mettait dans une fiole transparente, posée en évidence sur le rebord de la cheminée. Quand ça devenait trouble à l'intérieur, il avait le droit à une cuillère à soupe. Agnès disait que ça le purgeait des vers et que ça tuait tout sur son passage. Le gosse avait surtout peur que ça lui fasse un trou dans les boyaux tellement c'était fort.

Un aboiement retentit à nouveau dehors. Alfréd se redressa d'un coup dans son lit : Biscotte ?

***

Tut, tut ! Tut, tut, tuuuuut ! À tous les coups, c'était Albert. Ce vieux crâneur pouvait pas s'empêcher de klaxonner quand il arrivait quelque part. Alfred-le-vieux jeta un coup d'œil par la fenêtre de sa cuisine : dans le mille ! La R5 pourrie d'Albert déboucha à toute berzingue dans la cour de sa ferme. Il fit un dérapage minable, qui n'impressionna que les poules, puis cala sec. Une fois descendu de son auto, il donna une petite tape sur le capot.

— Y a ty quelqu'un d'levé dans c'te baraque ? cria-t-il.

Alfred-le-vieux rabattit les rideaux de sa fenêtre. Qu'est-ce que son voisin venait fiche ici de si bonne heure ? Dehors il faisait un grand beau temps de printemps, mais il n'était que huit heures du matin, bien trop tôt pour une visite. Albert, alias Bébert, passa son bras dans la voiture par la vitre ouverte et klaxonna de nouveau. Tut, tut, tuuuuuut !

— Bon Dieu d'merde ! gronda Alfred en sortant, y a pas moyen d'êt' tranquille ?

— Toujours aussi aimab' à c'que j'vois ! rétorqua Bébert.

Alfred allait le rembarrer quand il entendit un aboiement s'échapper de la R5. Les oreilles du vieux se dressèrent aussitôt. Pour sûr, ça n'était pas Joly

Laryday. L'affreux roquet de Bébert aboyait plus aigu que ça.

— R'garde don qui c'est que j'te ramène ! s'exclama alors son voisin en ouvrant la portière arrière.

Une truffe humide apparut et un chien de berger noir et blanc bondit hors de l'auto. La queue frétillante, il se jeta sur Alfred-le-vieux. C'était Biscotte ! La foutue bestiole avait disparu depuis deux semaines. Le chien s'était fait la malle, pile la veille de son anniversaire au bistrot. Pour une surprise, c'était une bonne surprise !

— Ben ça, alors ! Où c'est qu'tu l'as r'trouvé ? demanda Alfred lorsqu'ils furent assis sur le banc de la cuisine, chacun devant leur bol de vin rouge.

— Au Camp-qui-pue ! Ton cabot était à s'rouler sur un tas d'fumier.

Biscotte empestait la fiente et avait des brins de paille collés partout, mais le vieux était tellement content qu'il ne dit rien quand l'animal se mit à lui lécher la trogne.

— T'aurais pu t'habiller avant d'm'ouvrir quand même ! lui reprocha Bébert. Et pis où qu'il est ton chapeau d'cow-boy ?

Le chapeau était rangé dans l'armoire, remplacé par un béret flambant neuf que ses deux filles lui avaient offert pour ses soixante-dix ans. Elles pouvaient soi-disant plus piffer son vieux chapeau de cuir. Pour le reste, il allait pas commencer à faire des manières avec Bébert : il portait son caleçon long de nuit et un marcel propre (qui ne l'était plus vraiment depuis que Biscotte avait posé ses pattes sales dessus). Alfred-le-vieux imagina la bouille de son petit-fils quand il verrait le chien. Il serait fou de joie ! Aujourd'hui c'était samedi,

Alfréd allait pas tarder à débarquer. C'était pratique d'habiter l'un en face de l'autre.

— Bon ben, c'est pas l'tout, mais moi j'vais y aller ! déclara soudain Bébert.

— Déjà ?

— Fais pas semblant d'êt' déçu, va ! Tu m'écoutais même pas !

Bébert était vexé. Alfred avait décroché quand son voisin avait commencé à lui raconter ses problèmes avec Joly Laryday. Faut dire que le roquet de ses voisins était le cadet de ses soucis. Il était mauvais comme une teigne et moche comme un cul.

On frappa à la porte. Décidément, on lui foutrait pas la paix ce matin ! C'était Agnès, sa cadette, qui venait chercher des œufs. Elle traversa la cuisine au radar, une clope au bec. Il y avait tellement de nœuds dans ses cheveux qu'on aurait dit des nids.

— C'est qu'tu s'rais tombée du lit, toi ! s'exclama Alfred.

Tout le monde savait qu'Agnès était la reine de la grasse mat'.

— C'est à cause d'Alfréd, marmonna-t-elle.

Le gamin et sa mère avaient remis les compteurs à zéro depuis quelque temps. Agnès avait promis de se ressaisir. Ça devait faire partie de leur marché.

— Et quand c'est qu'j'vais voir mon p'tit gars préféré ? demanda Alfred.

Il avait prévu d'aller pêcher avec le gamin et Eugène, son vieil ami.

— Sais pas, dit sa fille, quand j'suis sortie, y roupillait encore, le p'tit salopiot.

C'est alors qu'elle remarqua Biscotte allongé sous la table, sur les pieds de son père. Le chien et Agnès échangèrent un regard hostile. Ces deux-là ne s'aimaient pas beaucoup.

— Ah ben t'es rev'nu, toi ? dit-elle en tirant sur sa Gauloise. Du moment qu'tu viens pas chier sur ma pelouse, ça m'va.

Biscotte prit un air pincé et sortit par la porte restée ouverte. Puis il fila tout droit, chez Agnès.

— Saleté d'clébard ! lâcha-t-elle.

Ils entendirent le chien aboyer à plusieurs reprises puis, un peu après, un cri. Ils sortirent aussitôt dans la cour de la ferme. Dans la maison d'en face, une fenêtre de l'étage était grande ouverte. On ne voyait qu'une chose : l'immense sourire qui s'étalait entre les joues dodues du gosse.

***

Alfréd était tellement heureux que son chien soit revenu de sa fugue ! Il lui avait énormément manqué, même si on lui avait expliqué que c'était normal qu'un mâle de son âge aille courir au cul des filles. Le gamin se demandait comment son animal avait réussi à draguer dans cet état. À son retour, Biscotte puait la crotte et son poil était tout collé. Il l'avait lavé dans la cour de la ferme de son papi et quand ça avait été enfin terminé, le chien était parti se rouler dans la bouse. Ils avaient passé le samedi et le dimanche à jouer ensemble et ne s'étaient quittés que le temps du repas dominical (Alfréd n'aurait renoncé pour rien au monde aux délicieux plats d'Agnès).

C'est donc le pas plus traînant qu'à l'accoutumée que le gamin prit le chemin de l'école, le lundi matin. Il se redonna du courage en se disant qu'on était début juin. À la fin du mois, ce serait les grandes vacances. Il les voyait comme une immense plage sur laquelle on pouvait courir sans s'arrêter. Il n'aimait pas courir – sauf après le tracteur de son papi – mais cette image lui plaisait. Il se sépara à regret de Biscotte devant le portail en bois de l'école et traversa la cour. Un attroupement s'était formé près du bac à sable. Au milieu, Glenn et Brieuc, les jumeaux de la coiffeuse, crânaient en montrant leurs avant-bras décorés d'une décalcomanie. Leur mère leur avait offert à chacun un Malabar pour les récompenser de leur bonne note en maths (en vrai, ils avaient triché). Alfréd se pencha pour mieux voir : le bonhomme Malabar jonglait avec un tonneau et une enclume. Pff, c'était n'importe quoi ! Ces tatouages n'étaient vraiment pas si terribles ! Le gamin haussa les épaules et s'éloigna du groupe d'élèves. Il jeta un regard autour de lui : l'assistante rassemblait les maternelles à l'autre bout de la cour et les autres jouaient au ballon. La voie était libre ! Il rejoignit discrètement le préau. Alfréd adorait être le premier à entrer dans la classe le matin. Si par chance Mlle Morvan, la maîtresse, était encore dans son bureau, il devenait le roi du monde pendant quelques minutes. Il montait sur l'estrade, faisait semblant de donner la leçon et distribuait des punitions à Jean-Pierre Poilvert, son pire ennemi. Il lui arrivait de chiper un bout de craie au passage dont il se servait pour dessiner sur la porte de l'atelier de son papi.

Mais quand il pénétra dans la salle de classe ce matin-là, il resta cloué sur le pas de la porte : il y avait quelqu'un devant le tableau. Ce n'était pas Mlle Morvan avec son air sévère, ses grosses lunettes de chouette et sa queue-de-cheval basse. Non, c'était…

c'était une vraie fille ! Pas très grande avec des yeux bleus et des cheveux dorés. Elle avait un visage comme les actrices, dans les films à la télé. Il n'avait jamais rien vu d'aussi beau. Avant qu'il ait pu ouvrir la bouche, elle lui dit :

— Entre, n'aie pas peur.

Les jambes d'Alfréd devinrent toutes molles. Il entendit la cloche sonner la fin de la récré puis du brouhaha derrière lui. Ses camarades arrivèrent en criant dans la classe. Ils s'installèrent à leur place et cessèrent de chahuter dès qu'ils découvrirent à leur tour la nouvelle venue.

— Je m'appelle Mlle Le Tartonnec (elle écrivit au tableau). Mlle Morvan a dû être remplacée d'urgence. C'est donc moi qui m'occuperai de vous durant son absence.

Il y eut quelques ricanements, mais pas tant que ça, car la plupart des élèves étaient sous le charme. Ils étaient dix-huit en tout, six CE2, cinq CM1 dont Alfréd faisait partie, et sept CM2.

— Vous pourriez peut-être rejoindre votre chaise, jeune homme, proposa alors l'institutrice à Alfréd, toujours figé sur le pas de la porte.

Ses camarades éclatèrent de rire. Il était rouge comme une tomate.

***

Fraise au vent et toute bedaine dehors, Eugène entra dans le bistrot. Il se dirigea droit vers la table d'Alfred-le-vieux sans prendre la peine de refermer la porte derrière lui. Avec son casque trop petit posé sur le haut de son crâne, il ressemblait à une grosse poire.

— Tu d'vineras jamais, qui c'est qu'j'ai rencontré en faisant mon tour de patelin ! lui dit son meilleur ami.

— La Sainte Vierge ?

— Presque… La femme du notaire !

Alfred secoua la tête : Eugène était tombé amoureux d'elle l'an passé. Alfred avait eu beau lui expliquer que cette fille-là n'était pas pour lui, l'autre n'avait rien voulu entendre. C'était une belle rousse avec des chignons impeccables, qui n'avait jamais mis les pieds à la campagne avant d'arriver à Saint-Ruffiac. La vie d'ici, c'était pas pour elle. Elle était quarante ans plus jeune qu'eux, mariée et pas du tout intéressée.

— J'tais sur mon bolide, à fond sur la ligne droite de Saint-Brandan quand j'l'ai vue qui promenait son bébé. J'peux t'dire que j'ai pilé sec et pis j'ai fait un demi-tour complet !

Eugène était tellement gros que les roues de sa mobylette étaient tout le temps à plat. Pas sûr qu'il ait impressionné la femme du notaire avec sa manœuvre.

— Et vous avez causé ?

— Et comment, qu'on a causé ! On a même fait un peu d'connaissance, elle et moi…, glissa-t-il avec un air mystérieux (enfin, si on pouvait appeler ça comme ça).

— Hein ? Et vous avez parlé de quoi ?

— D'la météo. Pis de Jean-Étienne, son bébé.

Alfred repensa à la dernière fête de Noël, quand ledit bébé avait chopé le nez d'Eugène pour le téter. Sa mère avait fait un scandale, mais qu'est-ce qu'ils s'étaient marrés !

— J'l'y ai demandé si elle se plaisait ici, enchaîna Eugène, et elle m'a dit que pas trop. Alors j'l'y ai expliqué que les gens du coin y pouvaient paraître rustauds de l'extérieur mais qu'en vérité y étaient net gentils. Que moi, par exemple, j'pensais pas m'avoir attaché sur autant de personnes depuis toutes ces années, mais qu'au final, j'm'entendais bien avec tout le monde.

— Tu lui as dit tout ça, toi ?

— Oui, m'sieur, et d'une traite en plus !

— Et elle a répondu quoi ?

— Ben, qu'ça l'étonnait pas.

— Qu'est-ce qui l'étonnait pas ?

— Ben… j'sais pas. Elle a dit que c'était bien ce qu'elle pensait.

Alfred renifla d'un air dubitatif. Sa main à couper que la femme du notaire se moquait de lui.

— En tout cas, conclut Eugène, ça m'a conforté dans l'opinion que j'm'étais fait par moi-même : c'est une chic fille.

Pauvre Gégène, cette histoire le rendait complètement niquedouille ! Alfred se dit qu'il avait plus de chance avec Victoire. Pour commencer, elle avait son âge et puis surtout, ils s'entendaient à merveille. C'était son amie de toujours. Ils se connaissaient par cœur. Il lui suffisait de la regarder pour savoir ce qu'elle pensait. Il se rendait de plus en plus souvent chez elle, l'après-midi, pour prendre le thé. Les copains se foutaient de lui : Alfred-le-vieux, boire le thé à quatre heures ? Et quoi encore ! En vérité, Victoire et lui mettaient de la trouspignôle dans leurs tasses, mais personne ne le savait. C'était leur secret. Ils ne trouvaient pas le temps de s'ennuyer. Ils parlaient du passé, de leurs familles respectives, des autres vieux du bourg et puis ils riaient beaucoup, car Victoire était une marrante. Thérèse, sa fille, ne voyait pas les visites d'Alfred d'un bon œil. Elle était revenue vivre avec sa mère quand celle-ci avait fait une attaque et la surveillait de près. Victoire regrettait que sa fille soit si coincée. Elle aurait volontiers troqué Thérèse et ses bondieuseries contre Agnès et Odette. Les deux filles d'Alfred étaient intenables mais, au moins, il y avait de l'animation à la maison. Alfred trouvait que son amie y allait fort, pourtant il ne disait rien. Après tout, chacun faisait comme il pouvait. Victoire avait élevé sa fille seule, ça avait pas dû être facile tous les jours. Ce petit – en fait non, ce gros – détail posait d'ailleurs problème à Alfred : il avait beau se dire que le passé, c'était le passé, la question de savoir *Qui* était le père de Thérèse le turlupinait de plus en plus. En effet, il ignorait l'identité de ce dernier depuis toutes ces années. Il n'osait pas interroger Victoire mais, au fond de lui, il bouillait. Le pire, c'est que personne au village ne semblait être au courant. À l'époque, Victoire s'était retrouvée enceinte du jour au lendemain, comme par l'opération du Saint-Esprit. Alfred se disait qu'il faudrait qu'il monte au créneau. Après tout, ils en avaient vu d'autres. Lui était veuf depuis vingt ans et elle ne s'était jamais mariée. Ils étaient tout usés à présent, ce genre de choses n'aurait pas dû les effrayer. Pourtant, à chaque occasion qui se présentait de le lui demander, il devenait mou comme un vieux ballon de foot.

Il soupira en observant Eugène qui descendait son verre de rouge. Finalement, c'est peut-être son ami qui avait raison : il fallait aller de l'avant sans se soucier du jugement des autres. C'était pas gagné avec la femme du notaire – et ça ne le serait sans doute jamais –, mais Eugène s'en fichait. Alors que risquait-il, lui, à questionner Victoire ?

***

Chapitre 2

La parade nuptiale

— Psst ! R’garde celle-ci !

Patrick, le voisin de pupitre d’Alfréd, se mit à loucher en tirant sur les coins de sa bouche. Ça lui faisait la même tête que Joly Laryday, le chien de Bébert.

— Alors ? C’est qui le roi d’la grimace ? demanda Patrick, tout fier.

— Bof, j’sais pas, répondit Alfréd tout en se replongeant dans l’horrible exercice de mathématiques qu’ils devaient résoudre avant la récré.

— J’parie tous mes caramels que t’es pas capab’ de faire pareil, le mit au défi Patrick.

— J’sais pas trop…, dit Alfréd les yeux rivés sur l’énoncé qui parlait d’une baignoire se vidant moins vite qu’elle ne se remplissait et auquel il ne comprenait rien.

— Mais qu’est-ce t’as en c’moment ? On dirait qu’t’as la tête en l’air ! s’énerva tout haut son copain.

Alfréd lui fit signe de se taire, la maîtresse risquait de les entendre. Depuis qu’il l’avait vue devant le tableau de l’école, il se sentait tout bizarre. Il n’était plus jaloux du chien en plastique qui hochait la tête à l'arrière de la voiture des jumeaux et s'en fichait de perdre ses bonbons aux osselets ou aux billes. À la place, il pensait tout le temps à Mlle Le Tartonnec. Même le soir. Quand il s'asseyait devant la télé avec sa mère après dîner, il ne pouvait pas s'empêcher de comparer son institutrice aux speakerines et aucune ne lui arrivait à la cheville. Lorsqu'il se couchait, il n'arrivait plus à se concentrer sur les pages de son dictionnaire.

Tout ce qu'il désirait, c'était qu'elle le remarque. Mais, pour l'instant, il s'y prenait plutôt mal. Il n'osait plus lever le doigt en classe, de peur de sortir une ânerie, et baissait les yeux dès qu'elle le regardait. Pour ne rien arranger, il s'était mis ses copains à dos : les élèves devaient se répartir une série d'exposés sur les animaux. Les jumeaux, Patrick et lui avaient formé un groupe. Pendant que ses trois camarades se disputaient pour savoir qui du crocodile, du lion et du dinosaure était le plus fort, Alfréd était allé au tableau sans les consulter et avait inscrit leurs prénoms à côté du sujet numéro quatre : « La parade nuptiale ». Il avait pensé que ça plairait à Mlle Le Tartonnec. Maintenant les autres lui en voulaient à mort. Ils trouvaient ça nul, comme thème. En plus, Jean-Pierre Poilvert s'était moqué d'eux à la récré et ça avait dégénéré en bagarre. Ils avaient tous été punis (sauf Alfréd qui était aux toilettes à ce moment-là et qui ne se battait pas de toute façon). Du coup, les jumeaux et Patrick lui avaient dit qu'il n'avait qu'à le préparer tout seul, son exposé.

Le gamin était dans le pétrin maintenant. Comment allait-il s'en dépatouiller ? Il aurait aimé se confier, mais il ne savait pas trop vers qui se tourner. Son vénérable papi était – presque – toujours de bon conseil, seulement il le voyait moins ces derniers temps. Celui-ci était sans arrêt fourré chez Victoire à l'heure du thé. Alors quand il rentrait de l'école, c'était râpé pour prendre le goûter ensemble. Tata Odette, la sœur de sa mère, aurait certainement su quoi faire. Il s'entendait très bien avec elle. Malheureusement, elle travaillait de plus en plus souvent de nuit à l'hôpital et dormait en journée. Ce n'était pas le moment de la fatiguer avec ça. Il lui avait quand même parlé de son exposé et elle avait promis d'y réfléchir. Il restait sa mère. Le gamin n'était pas sûr qu'elle puisse l'aider. Ça allait pourtant nettement mieux entre eux. Agnès continuait de fumer comme un pompier et de jurer comme un charretier, mais elle buvait moins et respectait leurs nouvelles règles. Il avait dû négocier sec sur certaines conditions. Le résultat en valait la peine : il avait le droit de jouer à la belote au bistrot avec les copains sur son temps libre et de se rendre chez Nénette, sa meilleure amie, le mercredi pour faire des gâteaux. Agnès s'était aussi engagée à ce qu'au moins une fois par an, ils passent une journée rien que tous les deux. En échange, il l'accompagnait pour la corvée des courses au Prisunic le samedi et devait ramener des bons points de l'école. Il fallait d'ailleurs qu'il se reprenne, car il multipliait les étourderies en classe depuis l'arrivée de Mlle Le Tartonnec !

En bas, sa mère l'appela. Il allait être en retard à l'école. Il attendit qu'elle sorte chauffer la voiture pour se glisser en catimini dans sa chambre. Ça sentait la cigarette à plein nez là-dedans et les draps étaient tout en boule, mais il n'était pas venu pour superviser le rangement. C'était la seule pièce avec un miroir dans lequel on pouvait se voir en entier. Il s'examina de haut en bas. Pas mal. Il rentra sa chemisette dans son pantalon écossais et aplatit sa touffe de cheveux sur le côté.

Dehors, le moteur de la 404 rugit. Agnès était de mauvaise humeur, il avait intérêt à se grouiller. Avant de sortir, il sourit à son reflet, juste pour voir. Bof, c'était pas terrible.

***

Alfred-le-vieux sourit devant le miroir de la salle d'eau et se ravisa aussitôt. Valait mieux éviter, il lui manquait trop de chicots. Il retourna dans sa chambre et fouilla dans son armoire. Sa nouvelle chemise bleue à carreaux, ça serait très bien. Où était-elle, bon sang ? Avant, il prenait la première qui lui tombait sous la main, mais depuis quelque temps, il portait plus d'attention à sa mise. Il n'était pas question d'aller prendre le thé fagoté comme un vieux ringard. Victoire n'hésitait pas à relever ses fautes de goût. La semaine passée, elle lui avait dit que ses baskets marron qui venaient du camion-boutique avaient autant d'allure que deux vieux pains au chocolat. Il ne savait jamais si elle était sérieuse ou pas, mais, dans le doute, il préférait ne pas la décevoir. Heureusement qu'Odette était là : sa fille aînée devait avoir un sixième sens pour ce genre de choses car elle lui avait acheté des nouvelles chemises pour la belle saison et une paire de baskets très blanches. Elle avait eu la délicatesse de les déposer sur son lit sans faire de commentaire. Odette prenait soin de lui. Pas assez d'elle. Elle bossait dur et était souvent d'astreinte pour dépanner les collègues. Il espérait que ça n'allait pas la dégoûter de la vie ici. Il était content qu'elle soit revenue habiter à la ferme avec lui. Déjà six mois qu'elle avait débarqué avec ses valises, après avoir été larguée par son salaud de Parigot. Le Camboudin l'avait remise sur pied. C'était bon d'avoir sa famille à côté. Quelque part, ça rassurait Alfred de savoir ses filles et son p'tit gars préféré dans les parages. Penser au gamin lui serra le cœur. Il priait jamais, sauf pour demander à la Sainte Vierge de veiller sur le gosse.

Il se remit en quête de sa chemise neuve. Il avait largement le temps. Il était tôt le matin et il n'avait rendez-vous avec Victoire que dans l'après-midi. Mais il suffisait qu'un copain passe pour boire un coup et quelques verres plus tard, c'était déjà l'heure du souper. Il leva les bras et tâtonna sur l'étagère du haut de son armoire. Ses doigts s'arrêtèrent alors sur un petit objet carré. Son sang se figea : bon Dieu d'merde ! C'était quand même pas ce qu'il pensait que c'était ! Il prit la boîte avec précaution…

Assis sur son lit, Alfred faisait passer la petite boîte carrée d'une main à l'autre. Rouge, avec un liséré doré. Elle semblait avoir rétréci au cours des années. Ou bien ses doigts avaient épaissi. Il repoussait le moment de l'ouvrir, craignant que ça le chamboule de trop. Et si la bague n'était plus dedans ? Et si elle s'était abîmée avec le temps ? Il tergiversa encore un moment avant de se décider à ôter le couvercle. L'anneau et sa pierre étaient encore plus beaux que dans son souvenir ! Cette bague, c'est ce qu'il possédait de plus précieux. Il la tenait de sa mère qui la tenait d'une grand-tante qui avait fait un beau mariage. C'était rare, un trésor pareil, surtout dans une famille comme la sienne. Alors, qu'en plus il en ait hérité… Sa mère avait toujours eu un faible pour lui. Il était le dernier d'une fratrie de huit. Elle l'appelait *mon P'tit Monsieur* parce qu'il faisait tout pour avoir l'air d'un bonhomme, comme ses aînés. Mourante, elle l'avait convoqué dans sa chambre. Il avait dix-sept ans.

— Elle est à toi main'nant, *mon P'tit Monsieur*, avait-elle murmuré en lui tendant la boîte.

Il n'avait pas su quoi dire, sa gorge était toute nouée.

— Fais-en bon usage, fils, avait-elle ajouté. Et si t'es pas sûr, rappelle-toi ça : offre-la à celle qui te méritera le plus.

Alfred soupira. On n'a qu'une mère. On croit qu'elle sera là pour l'éternité, et puis le jour où elle s'en va, on s'en remet pas. Le reste, c'est des foutaises.

Personne n'était au courant de l'existence de cette bague, pas même ses filles. Il n'en avait pas parlé à Madeleine non plus. Elle avait pourtant été sa femme… Il l'avait cachée en haut de son armoire et avait fini par l'oublier.

On toqua à sa chambre. Il referma précipitamment sa main sur le bijou. Odette passa la tête dans l'entrebâillement de la porte :

— J'te dérange pas, papa ?

— Non, non, ma fille.

Elle avait de gros cernes.

— Ta garde s'est bien passée ? demanda-t-il.

— Auf, tu sais, la routine… T'es sûr que ça va ?

Il opina du chef.

— Ta chemise bleue à carreaux est sur la table à repasser. J'imagine que tu vas pas aller rendre visite à ta copine en marcel.

Le vieux marmonna quelque chose qui ressemblait à un merci.

— Bon, je vais me coucher, papa, bonne journée !

Elle referma la porte. Et la rouvrit aussitôt :

— J'allais oublier ! Tu diras à Alfréd que le vairon change de couleur pour l'accouplement, son ventre devient rouge.

— … ?

— Il saura de quoi je parle, c'est pour son exposé… ça leur sert à attirer les femelles.

La bague cachée dans son poing, Alfred-le-vieux resta pensif. *Attirer les femelles*… Si seulement c'était aussi facile !

***

« Vendredi 22 juin 1973 »

Alfréd recopia consciencieusement la date inscrite au tableau sur son cahier. Mlle Le Tartonnec avait une très belle écriture. Aujourd'hui, elle avait remonté ses cheveux avec des pinces, ça lui allait bien, même s'il préférait quand elle les laissait détachés. Elle avait la même coupe que France Gall quand elle chantait « Poupée de cire, poupée de son » mais en bouclée. Il se demanda ce que la maîtresse écoutait comme genre de chanson. Il savait juste qu'elle venait de Kerboudet et qu'elle habitait dans le logement de fonction à côté de l'école. Son ancienne institutrice ne reviendrait pas tout de suite et Alfréd s'en réjouissait… Il se ressaisit, apparemment Mlle Le Tartonnec venait de poser une question car tout le monde s'était tu. La leçon portait sur les noms composés. La maîtresse répéta :

— Alors qui me donne un exemple ?… Personne ? Voyons, faites un effort ! Souvenez-vous des modèles énumérés hier : un laissez-passer, un poisson-chat, un porte-plume, un sous-sol. Alors, quelqu'un ?

Glenn leva le doigt.

— Ah, Glenn ! Nous t'écoutons.

— Un fouille-merde !

Toute la classe pouffa de rire.

— Calmez-vous les enfants ! gronda Mlle Le Tartonnec. C'est un fort vilain mot, jeune homme, où as-tu entendu cela ?

— Ben, à la maison, répondit Brieuc à la place de son frère jumeau. C'est maman qui appelle not' père comme ça. Elle dit qu'il est toujours là où ça va péter. Comme si qu'il était attiré par les emmerdes… Alors, maîtresse, fouille-merde, c'est une bonne réponse ou pas ?

Tous les regards se tournèrent vers elle. L'institutrice eut l'air un peu gênée.

— Oui, c'est juste, finit-elle par dire. Mais j'aurais préféré un exemple moins vulgaire cependant !

Alfréd était rouge de honte. Cela ne l'amusait pas du tout. Il n'avait pas envie que Mlle Le Tartonnec pense qu'ils étaient des vauriens, lui y compris. Il en voulait à Glenn et Brieuc de faire les zouaves, à Jean-Pierre Poilvert de pousser des cris d'animaux quand elle avait le dos tourné et à Brigitte de pleurnicher dès qu'elle ne comprenait pas un énoncé. Il allait falloir qu'il sorte du lot, vite fait, bien fait. Il misait beaucoup sur son exposé. Ça serait l'occasion de lui montrer de quoi il était capable. Son passage était prévu pour l'après-midi même. Les jumeaux et Patrick lui faisaient encore la tronche. Ils monteraient avec lui sur l'estrade mais ne diraient rien. C'était leur condition.

Après le déjeuner à la cantine, pendant que ses copains jouaient à atteler et dételer leurs tracteurs et que les filles sautaient à l'élastique dans la cour, Alfréd révisa ses notes. Son écriture en pattes de mouche était si serrée que, parfois, il avait du mal à se relire. L'encyclopédie *Tout l'Univers* qui trônait dans la salle, chez lui, lui avait sauvé la vie. C'étaient les seuls livres que possédait sa mère. Un représentant leur avait vendu la collection entière un soir d'hiver. Il avait tenu la jambe à Agnès jusqu'à vingt et une heures. Le feu dans la cheminée avait fini par s'éteindre et le souper par refroidir. Alfréd avait assisté à la scène dans son coin. Sa mère était une dure à cuire, elle avait pourtant signé un chèque de 560 francs. Ça représentait presque un mois de salaire ! Faut dire qu'ils avaient bu des coups toute la soirée, enfin surtout elle. Au final, les vingt-quatre tomes s'étaient retrouvés alignés sur une étagère bien en vue dans la salle. Le lendemain, Agnès avait la gueule de bois. Elle avait traité le représentant de tous les noms, mais il était déjà loin. Elle s'était fait une raison : ça ferait bon effet, pour quand ils auraient des invités. Sauf que tous les invités avaient la même encyclopédie chez eux désormais…

À quelques erreurs près, Alfréd fut très satisfait de son exposé : en plus des informations trouvées dans *Tout l'Univers*, il avait rajouté de-ci, de-là, une dizaine de mots savants piochés dans son *Petit Robert* dont il était plutôt fier. Il s'en sortit avec un excellent neuf sur dix qui lui valut de retrouver illico l'amitié des membres de son groupe. La maîtresse le félicita pour ses recherches et aussi pour son *éloquence*, un mot qu'il ne connaissait pas, mais qu'il s'empresserait de chercher dans son dictionnaire le soir même. Il passa le reste de l'après-midi sur un nuage rose, bercé par la voix si douce de Mlle Le Tartonnec.

Vers la fin de la journée, l'institutrice leur annonça qu'il ne restait qu'une semaine et demie avant la fin des classes. Pendant que ses camarades hurlaient de joie en quittant la salle, Alfréd resta pétrifié sur sa chaise. On aurait vidé un seau de lisier sur lui que ça aurait pas été pire. Plus qu'une semaine et demie avant les grandes vacances. Ça signifiait que, pendant deux interminables mois, il ne verrait pas Mlle Le Tartonnec ! Et encore, si elle était toujours là à la rentrée. C'était une catastrophe.

***

Planqué derrière la fenêtre de sa cuisine, Alfred-le-vieux guettait l'arrivée de son petit-fils. Celui-ci allait rentrer de l'école d'une minute à l'autre. C'était vendredi et il avait décidé de lui préparer un goûter surprise : brioche, confiture de mirabelles, un reste de quatre-quarts et du jus de pomme. Agnès était d'après-midi à Ker Viande, l'usine de cochon, et Odette faisait les courses. Ils auraient leur moment entre hommes. La tête hirsute de son p'tit gars commençait à lui manquer. Il espérait que le gamin remarquerait les nouvelles chaussures qu'il avait aux pieds. Elles étaient bien plus modernes que les précédentes ! En attendant, ses baskets flambant neuves le serraient beaucoup trop. Il les mettait chez lui, histoire de s'habituer. Biscotte dressa soudain les oreilles et se leva d'un bond. Il aboya trois fois, avant de détaler. C'était le signal, le gosse approchait ! Quand Alfred l'aperçut, il devina tout de suite que quelque chose clochait : le p'tit ne traversait pas la cour en sautillant, mais en traînant des pieds.

— Bonjour papi, dit celui-ci en l'embrassant.

— C'est tout ?

— Bonjour, *vénérable* papi, reprit le gamin.

Il avait l'air triste. Quand il découvrit la table du goûter, son visage s'éclaira un chouia. Il s'attabla et se mit à grignoter une part de gâteau, en caressant distraitement Biscotte.

— Ça fait un moment qu'on a pas causé tous les deux, hein, mon bonhomme ?

— Oui.

— Comment ça va à l'école ?

— Ça va. J'ai eu neuf sur dix à mon exposé sur les animaux.

Alfred lui ébouriffa la tignasse.

— Bravo mon champion ! Tu vas passer en CM2 haut la main ! À toi les vacances !

Alfréd haussa les épaules. Ses yeux tombèrent sur les chaussures de son grand-père.

— C'est quoi ces chaussures ?

— Des *basteks* choisies par Odette. Comment tu les trouves ?

— Elles sont vachement… blanches. Ça fait un peu crâneur.

Le vieux renifla un coup, mais ne releva pas.

— Bon, et si tu m'disais plutôt c'qui va pas ? T'as pas hâte aux grandes vacances ou quoi ?

Le gosse reposa son quatre-quarts et commença à touiller son verre de jus.

— P'têt que j'ai pas envie que ça soille les grandes vacances…, murmura-t-il.

— Qu'est-ce t'as dit, mon gars ?

Alfred devenait dur d'oreille. C'était pas marrant tous les jours d'être vieux. Il se pencha vers son petit-fils.

— C'est juste que… je vais plus voir Mlle Le Tartonnec, répondit celui-ci.

— C'est qui, ça, Mlle Le Tartonnec ?

Une maîtresse remplaçante qui ressemblait à France Gall ! Alfred ne la connaissait ni d'Ève ni d'Adam. Comment se faisait-il qu'il n'en avait pas entendu parler avant ? Les nouvelles allaient pourtant vite dans le bourg ! Il essaya de tirer les vers du nez au gamin, sans succès. Celui-ci ne demanda d'ailleurs pas son reste et rentra fissa chez lui après le goûter pour faire ses devoirs.

Le vieux débarrassa la table en se disant que ça lui passerait. Deux mois d'été par-dessus, et le gosse aurait oublié le nom de l'institutrice à la rentrée. Il alla chercher son vélo à la remise pour rejoindre les copains au bistrot, dans le centre de Saint-Ruffiac. Il hésita à garder ses nouvelles baskets – il n'avait pas envie d'être charrié – mais eut la flemme d'en changer et partit tel quel. Pendant que Biscotte gambadait autour des roues de son vélo, manquant de le faire tomber à chaque tournant, il songea à sa dernière visite chez Victoire. Elle l'avait complimenté sur sa nouvelle chemise. Rien ne lui échappait, décidément. Ils avaient passé un très bon moment. Pourtant il était moins détendu que d'habitude. Car, à chacun de ses mouvements, il sentait la petite boîte carrée dans la poche de son pantalon. Il ne voulait pas en faire tout un pataquès, mais ne pouvait pas non plus la sortir, comme ça, entre deux blagues. Au final, il était reparti penaud avec son bijou en poche.

Les copains n'étaient pas encore arrivés au café. Il y avait seulement la veuve Tricot, fidèle à sa table, et un membre de la famille Guézennec. Alfred donna une poignée de main à Tophile – le patron du bar qui avait des paluches aussi grandes que des planches à découper – puis s'installa à la table du Guézennec.

— Ça va ty ? demanda-t-il. J't'ai vu l'aut' jour qui remontait la grand-rue en zigzag, t'étais beurdibeurdaou*, mon salaud !

L'autre le regarda de travers :

— C'était pas moi, c'était tonton.

Alfred-le-vieux se sentit couillon. Les Guézennec avaient tous la même trogne (père, mère, fils, fille, oncle et tante, du coup, on les appelait tous Guézennec, pour ne pas se tromper). Il enchaîna :

— Et comment va l'aïeul ? J'ai ouï-dire qu'il était couci-couça.

L'aïeul en question restait allongé toute l'année, en vareuse et casquette, sur un lit de la pièce commune et personne ne savait s'il était vivant ou mort.

— Auf, ça va, ça vient, c'est comme la queue du chien, répondit l'autre.

Alfred but un coup. Les Guézennec n'étaient pas les rois de la causerie.

— Et sinon la ferme ?

* Être fin bourré. *(Toutes les notes sont de l'auteure.)*

— Normal. Les poules ponnent.

— Elles, quoi ?

— Ben, elles ponnent des œufs !

La porte du bistrot s'ouvrit en grand.

— V'là la fine équipe ! gueula Eugène en entrant.

Il était accompagné de Bébert, de Marcellin et de Félicien avec sa mine de curé savant (sauf qu'il n'était ni curé ni savant). Alfred était content de changer de compagnie.

— Fait don bien chaud pour la saison, se plaignit Bébert en s'affalant sur une chaise. Faudrait qu'y mouillerait un brin, sinon l'potager va faire la gueule. Et la patronne aussi !

— « À la Saint-Antoine grande froidure, à la Saint-Laurent grands chauds ne durent », déclama Félicien (il ne pouvait pas s'empêcher d'étaler sa science, surtout quand c'était faux).

— J'vois pas l'rapport, dit Bébert, on est en juin et la Saint-Antoine, c'est en janvier.

Félicien leva les yeux au ciel. Tophile vint s'asseoir avec eux.

— Vous avez rien r'marqué, les gars ? demanda celui-ci.

Ils dévisagèrent le patron du bistrot. Il avait la même dégaine que d'habitude : cheveux coupés ras, marcel et pantalon de velours.

— Marthe t'a coupé les poils de nez ? le charria Marcellin.

Ça fit rire les copains sauf Tophile. Un silence gêné retomba aussitôt. Tophile était un bon gars, mais valait mieux pas le chauffer. Il était baraqué, vu qu'il avait été champion de lutte dans sa jeunesse.

— T'aurais pas changé un truc autour de la niche de Roger ? dit alors Alfred en se tournant vers le mur du fond.

La face de Tophile se détendit.

— Ah ! Ben en voilà au moins un pour relever le niveau !

Il donna une fière tape dans le dos d'Alfred qui lui déplaça quelques vertèbres au passage. Tophile avait changé la guirlande clignotante qui ornait la niche de Roger. Roger, c'était le plus jeune de ses frères. Il était mort un soir de bordée, il y a quarante ans de ça. Tophile s'en était jamais remis et avait juré de ne plus boire d'alcool de sa vie. Les cendres de son frangin reposaient dans une urne, au fond du bar. Elle était toujours nickel.

— Vous avez ty vu la nouvelle institutrice ? demanda Bébert pour changer de sujet. Y paraît qu'c'est un joli brin d'fille.

Alfred tendit l'oreille.

— Dame oui ! On dirait Sylvie Vartan ! s'exclama Marcellin.

— Comment qu'tu sais ça, toi ? intervint Eugène.

— C'est pas parce que j'ai une jambe en moins, que j'suis bigleux ! rétorqua Marcellin.

— Ton p'tit gars t'en a parlé ? demanda Tophile à Alfred.

— Oui, oui..., répondit vaguement celui-ci.

Il était contrarié que le gamin ne lui en ait pas raconté plus. Il venait de perdre une occasion d'épater la galerie.

— S'appelle Annie, la garce, lança une voix rauque au fond du bar (c'était la veuve Tricot. Elle ne quittait le café que pour dormir).

D'où connaissait-elle le prénom de la nouvelle ? Personne ne le savait, et personne ne fit l'effort de le lui demander non plus.

— Une jolie femme dans l'bourg, c'est pas d'refus, dit Bébert (la femme de Bébert était particulièrement moche. Mi-naine, mi-grosse).

Marcellin déclara que le physique ne faisait pas tout. Il leur raconta comment son cousin de Tréhorenteuc, qui aurait pu avoir toutes les femmes de la terre dans ses bras, s'était retrouvé marié à Philomène, vilaine parmi les vilaines. Elle était handicapée des deux hanches et boitait comme un vieux canasson :

— … un vrai laideron ! Avec une dent tous les trois centimètres et une voix de casserole. Des ch'veux aussi drus que du poil de mulet. Autant mett' sa queue dans un trou d'taupe !

Les copains se bidonnèrent. Son cousin avait accepté de l'épouser car c'était la condition pour pouvoir reprendre la ferme de son futur beau-père. Il avait eu le choix entre elle et sa sœur aînée qui était mieux lotie, mais il l'avait jugée trop rouquine à son goût. Ça fit marrer tout le monde, sauf Eugène. Depuis qu'il s'était amouraché de la femme du notaire, il défendait tout ce qui était roux de près ou de loin.

Alfred-le-vieux se leva pour pisser. Lorsqu'il revint, Marcellin demanda bien haut :

— C'est quoi qu't'as mis à tes pieds, Alfred ? Deux souris blanches ?

Ça rigola fort à la table.

— C'est des *basteks* neuves, vieil impotent ! l'envoya balader Alfred. Elles valent mieux que ta chaussure d'handicapé !

Marcellin leva une de ses cannes.

— Viens voir d'plus près, si j'suis infirme !

L'arrivée de Titi au bistrot calma le jeu. Ce dernier ne semblait pas dans son assiette. Il salua tout le monde et traîna son gros bide jusqu'à une chaise restée vide.

— Ben mon vieux, t'as l'air tout échouébi* ! s'étonna Bébert.

Quand Titi refusa le verre proposé par Tophilc, les autres se turent. Ça devait être grave. Ils ne tardèrent pas à apprendre que le docteur était passé voir Titi ce tantôt. Il lui avait fait passer des examens et la sentence était tombée : il faisait du diabète.

— C'est une vraie saloperie, ça ! dit Eugène.

Alfred lui donna un coup de pied par-dessous la table – Eugène était le roi de la gaffe – mais c'était trop tard, il était lancé :

— J'ai un cousin qu'a eu la même chose. Ça l'a mis misérab' ! Tu vas d'venir aveugle et perd' tes pieds. Et c'est pas ça l'pire, mon Titi ! Va falloir qu'tu sois fort.

Eugène marqua une pause. La petite assemblée était pendue à ses lèvres :

— J'vais t'dire c'qui t'attend : ton berlingot s'mettra plus jamais au garde-à-vous !

***

Tais-toi don, vieille andouille ! Tu vois bien que Titi est pas en forme, c'est pas la peine d'en rajouter ! Ah, mon pauv' Gégène, tu fais vraiment pas dans la

* Échouébi : dans le gaz, à côté de la plaque, pas dans son assiette.

dentelle. C'est pas Dieu possib', d'être aussi bête. Tu t'arranges pas avec les années, on dirait...

Pour ce qui est de Titi, je l'plains. Moi non plus, j'voudrais pas faire du diabète. J'préférerais encore avoir la chaude-pisse. Enfin, j'dis ça, j'dis rien. Chacun son opinion, hein. N'empêche que si les gars m'demandaient mon avis, j'dirais qu'y a pire dans la vie. Comme d'êt' mort par exemple. Mais ils comprendraient sans doute pas et pis j'peux pas leur en vouloir pour ça. J'les aime bien, moi, les copains du café. J'm'ennuierais ferme, s'ils étaient pas là. Ils racontent un paquet de conneries, mais de temps en temps, y en a un qui sort un truc sensé et là, j'ai presque envie d'applaudir. Ce bistrot, c'est toute ma vie. Comme dirait Gégène, c'est « conviviable », ici. Bon, l'endroit baigne un peu dans son jus. Y a pas deux chaises pareilles et il manque des dents à la tête de sanglier empaillée au-dessus de la porte d'entrée. Depuis qu'Odette lui a mis des lunettes de soleil noires sur le groin, c'est mieux. Faudrait aussi changer la croûte accrochée au mur en face de moi. C'est simple, j'peux pu la voir en peinture !

M'enfin... Tout le monde s'en tamponne le coquillard de c'que j'pense. Pourtant j'en aurais des choses à déballer ! De là où j'suis, j'vois et j'entends tout : les mimiques dans l'dos des autres, les critiques dès qu'y en a un qui part... et j'en passe ! C'est la foire ici, pire que chez mémé. Personne fait de manières, surtout pas la veuve Tricot. Les insultes, c'est son rayon. Une vraie bible sur pattes, enfin quand elle tient debout... Des fois, elle m'prend à parti. C'est la seule qu'ose faire ça. Les autres disent qu'elle est gonflée, mais moi, j'trouve ça drôle. En même temps, j'ai pas trop le choix, j'me contente de c'que j'ai... Parce que, faudrait pas croire, j'avais de l'ambition, avant. J'voulais monter à Paris et d'venir quelqu'un d'important. J'ai toujours eu le sens des affaires. J'suis sûr que j'aurais réussi. Malheureusement, le bon Dieu avait d'aut' projets pour moi. Saloperie d'coup du sort ! J't'en foutrais, moi, des punitions divines ! J'peux blasphémer autant que j'veux, ça changera rien de toute façon : j'suis coincé ici pour l'éternité. Pauv' Tophile, il se donne pourtant du mal pour que j'sois à mon aise. Tous les matins, il astique mon urne avant de me reposer dans ma niche, au fond du bar. Cette année, on va fêter les quarante ans de ma mort. Ça va être quelque chose, c'est moi qui vous l'dis !

***

Chapitre 3

Ces deux-là étaient faits l'un pour l'autre, mais ils étaient trop bêtes pour se le dire

— Alors, ça mord ?

Alfréd fit non de la tête. Ça faisait trois fois que son papi lui posait la même question en moins de dix minutes. Son grand-père était assis à côté de lui sur la plage pouilleuse, les pieds trempant dans la vase. Il lui fit de la peine. Depuis le début de l'après-midi, il essayait de le faire parler, mais Alfréd n'en avait pas envie. Voilà deux semaines que les grandes vacances avaient commencé, et le gamin s'ennuyait ferme. L'école ne lui avait jamais autant manqué. Enfin, Mlle Le Tartonnec, plutôt. Il se demandait ce qu'elle faisait de son été et dans quel village elle serait envoyée à la rentrée. Il espérait qu'elle garderait un bon souvenir de Saint-Ruffiac. Le dernier jour de classe, il y avait eu la kermesse de l'école. Alors qu'il était sur un stand, en train de pêcher des pommes avec ses dents, dans une bassine d'eau pleine à ras bord, la maîtresse s'était approchée. Quand il avait relevé la tête, une pomme dans la bouche, elle s'était exclamée :

— Ah, tiens, Alfréd ! J'ai vu ta tante tout à l'heure, elle m'a dit que tu lisais *Le Petit Robert* tous les soirs. C'est vrai ?

Il avait acquiescé, le visage dégoulinant d'eau.

— Ça alors ! En voilà une belle occupation. Tu aimes écrire aussi ?

Comme il ne savait pas trop quoi répondre, il avait dit très vite :

— Déjà, je connais un écrivain, c'est Félicien.

Visiblement, elle ne le connaissait pas. Il croyait pourtant que les institutrices étaient au courant de tous les livres qui existaient. Il n'avait pas osé lui dire que le livre de Félicien s'intitulait *Crottes d'ici et d'ailleurs*. Avant de partir, elle avait lancé :

— Si tu veux tout savoir, moi, j'adore la poésie ! C'est mon péché mignon. Allez, bonnes vacances Alfréd, et écris bien !

Il posa sa canne à pêche. *Écris bien*... Ce n'était pas une mauvaise idée. Mais écrire des poèmes, c'était pas de la tarte. On devait compter les pieds sur les doigts, trouver des mots qui riment et, en plus, ça devait raconter quelque chose. Quelle galère ! Il piocha dans le paquet de bonbons posé près de leurs affaires. Il les avait achetés le matin même chez Mme Gouillette, la boulangère. Les gens l'appelaient « la charolaise » parce que c'était une grosse blonde avec des cils et des sourcils blancs. Ses doigts tombèrent sur un rouleau de réglisse, pas ce qu'il préférait. Il continua de trifouiller dans le sachet en papier et en ressortit un Jésus-meringue rose. Il croqua la tête. Alfréd trouvait ça étrange de manger un p'tit Jésus tout nu alors qu'à la messe, il n'avait même pas le droit de regarder la croix de Dieu. Il n'allait pas souvent à l'office (c'était pas le truc de sa mère), mais il accompagnait parfois Nénette. Il avait remarqué que les vieux bonshommes qui venaient à la messe le dimanche s'arrangeaient pour s'asseoir sur les bancs à gauche de l'allée. Ils donnaient sur une mini porte, un peu cachée. Au moment de l'hommage à Marie, quand ça commençait à devenir vraiment long, ils sortaient par là pour filer au bistrot. Alfréd trouvait ça injuste, surtout que c'était en général l'heure à laquelle son ventre se mettait à gargouiller. Heureusement, Nénette avait toujours un biscuit pour lui dans son sac. Ça le faisait patienter jusqu'à la fin.

— Alors, mon p'tit gars, tu pêches plus ? lui demanda Alfred-le-vieux.

Le gamin sursauta.

— Euh, non. Je fais une pause… Tu veux un bonbon, papi ?

Son grand-père tendit la main. Il lui refila le réglisse.

— Tiens, c'est marrant que tu t'débarrasses de ton réglisse. Ton père, non plus, il aimait pas ça.

— Ah bon ?

— Arf, y a tellement de choses que tu sais pas sur lui ! Faudra que j'te raconte…

— Quand ça ?

— Bientôt, mon gars, on prendra le temps, promis…

Alfréd savait très peu de choses au sujet de son père car sa mère refusait d'en discuter. Ça la mettait en rogne. Son papi lui en avait parlé, une fois. Il avait dit qu'il s'appelait Rémi, que c'était un bon gars, honnête, travailleur et gentil. Le gamin avait des tonnes de questions en réserve, mais c'était jamais le bon moment.

— Allez, on remballe pour aujourd'hui, décida son grand-père en s'accroupissant pour ramasser son barda. Les poiscailles sont pas décidées.

— Vénérable papi ?

— Hum ?

— T'as déjà pêché avec mon père ?

— Oui, souvent. C'était un as !

— Vous veniez ici ? À la plage pouilleuse ?

— Ah non ! Ici, y a rien à prendre !

— Mais pourtant, Félicien, il raconte qu'il a déjà attrapé un brochet grand comme moi !

Félicien mentait plus vite que son ombre. Constamment un bobard sous le coude.

— Foutu baratineur, j'te jure ! Y a rien dans l'Affreuse, à part de la vase et des têtards… Mais c'est pas ça qui va nous abattre, hein, mon gars ?

Son grand-père fit claquer sa langue, comme à chaque fois qu'il estimait qu'une discussion était close. Ils longèrent la berge en silence, Alfred-le-vieux devant, pour rejoindre le chemin qui menait au Camboudin.

— Au fait, mon p'tit doigt m'a dit qu'Annie s'rait d'nouveau là en septembre, déclara soudain son papi.

Alfréd ne voyait que le dos de son grand-père, mais il avait comme l'impression que celui-ci souriait en coin.

— Annie ? C'est qui ?

— Ben, tu sais pas ça, toi ?

Alfred-le-vieux se retourna d'un coup. Il avait une drôle d'expression, celle qu'il prenait quand il allait sortir une ânerie :

— Annie Le Tartonnec, bien sûr !

***

Le vieux avait fait mouche. Depuis qu'il avait appris à son petit-fils le prénom de l'institutrice, celui-ci lui collait aux basques pour en savoir plus. Sauf qu'il en savait pas plus… Il était tôt le matin. Alfred était assis devant son bol de vin rouge dans la cuisine. Allongé sur ses pieds, Biscotte finissait tranquillement sa nuit. Un grand bruit venant de son ancien atelier de menuisier les fit bondir. Odette jura. Quand elle n'était pas à l'hôpital, elle passait son temps dans l'appentis à bricoler. Elle retapait une vieille commode. Ces derniers temps, Alfred s'inquiétait pour elle. Elle bossait trop. Peut-être parce qu'elle s'ennuyait ici ? Le cœur du vieux se serra à l'idée que son aînée reparte. Il savait pourtant que les enfants sont faits pour s'en aller… Il aurait aimé que ses deux filles partagent plus de choses ensemble. Mais, même si leurs relations s'étaient nettement améliorées, elles n'avaient ni les mêmes horaires ni les mêmes intérêts. Quand Agnès n'était pas à l'usine, elle foutait pas grand-chose. Pas le truc d'Odette, qui avait besoin de s'occuper les mains sans arrêt.

Alfred-le-vieux frappa à la porte de l'atelier puis entra. Odette était penchée sur le meuble, un ciseau à bois dans la main. Ses cheveux étaient pleins de copeaux. Il ressentit de la fierté, elle était pas sa fille pour rien !

— Tu vas voir ta copine pour le thé ? demanda-t-elle avec un sourire.

Alfred-le-vieux ignora la question.

— Je vais rend' visite à Joson. Paraît qu'Ernestine a besoin d'un coup de main.

— Ah ben, si tu pouvais dire au vieux Corrigou de se calmer avec son cor de chasse, ça serait pas de refus ! Il m'a réveillée à deux heures du mat', il débloque complètement, non ?

Odette avait raison. Ernestine, la femme de Joson, était débordée. Son mari perdait les pédales. La ferme des Corrigou se trouvait à trois kilomètres après la sortie du Camboudin, ça faisait pas trop loin à Alfred pour y aller à pied. Il se mit en chemin. Le soleil tapait. Il regretta son chapeau de cow-boy, qui le protégeait mieux que son béret neuf. Mais tout le monde préférait son nouveau couvre-chef. C'était un poil vexant, surtout qu'il avait porté son chapeau de cow-boy pendant des décennies. Quelle bande d'hypocrites, ils n'y connaissaient rien ! Même Victoire semblait être du même avis qu'eux. Il shoota avec le bout de sa basket trop blanche dans un caillou. La veille, il avait encore foiré son coup avec elle. Il avait décidé de lui donner la bague dès son arrivée, pour être tranquille. Au moment où il avait voulu la sortir de sa poche, Thérèse était venue s'asseoir avec eux. Non seulement ils n'avaient pas pu ajouter de gnôle à leur thé, mais, en plus, la fille de Victoire leur avait tenu mauvaise compagnie jusqu'à son départ. Il était reparti bredouille avec son cadeau. Quelle guigne !

Alfred entra dans la cour de la ferme des Corrigou. Ernestine menait sa baraque comme un chef. Par contre, c'était pas la reine du bon goût. Les fenêtres de la maison étaient décorées avec des fleurs de cimetière en plastique plantées dans des jardinières. Elle avait piqué de-ci de-là, dans la haie devant chez eux, de fausses roses rouges. Comme ça, c'était fleuri toute l'année. La porte était grande ouverte, Alfred jeta un œil à l'intérieur. Personne dans la cuisine. On n'entendait que le tic-tac de la pendule et quelques mouches qui volaient au ralenti au-dessus d'un tas de mirabelles posé sur la grande table en bois. Il appela. Les pieds d'une chaise grincèrent, puis un pas lourd, mais volontaire, se rapprocha.

— Bonjour Alfred ! dit Ernestine.

Elle lui donna une poignée de main ferme.

— Désolée, j'suis pas ben présentab' et pis c'est bazardique à l'intérieur, mais tu boiras ben un coup.

Alfred accepta volontiers, il crevait de soif. Elle s'essuya le front avec l'avant-bras. Qu'il vente ou qu'il neige, elle portait des manches courtes, une vraie chaudière. Elle était plus jeune que son mari et bien plus robuste aussi : vingt ans de moins et vingt kilos de plus – comme quoi, on pouvait pas tout avoir. Elle avait beau être du genre coriace, les bêtises du père Corrigou (c'est comme ça qu'elle l'appelait) l'usaient à petit feu.

— J'en peux pu, souffla-t-elle en se laissant tomber sur une chaise, j'suis fourbue !

Elle lui raconta que Joson faisait autant de conneries que leur dernier arrière-petit-fils, qui était pourtant un sacré vaurien. Elle avait confisqué les clefs de la bagnole à son mari pour l'empêcher de faire des tours à n'importe quelle heure, et avait été obligée de lui interdire l'accès au potager parce qu'il piétinait les plans de salade. Ernestine était au bout du rouleau. Alfred l'écoutait, la bouche sèche (elle ne lui avait toujours pas servi à boire). Il n'en revenait pas que son vieux copain déraille à ce point. Ernestine s'excusa pour le vacarme : Joson passait son temps à sonner Prune, leur vieille chienne handicapée, avec son cor de chasse. Celle-ci avait été écrasée contre un arbre par une deudeuche, il y avait trois mois de ça, mais Joson ne s'en souvenait plus et la cherchait partout. Alfred n'osa pas lui dire que ça réveillait sa fille la nuit, pas la peine d'en rajouter. Il se racla la gorge, histoire de rappeler à Ernestine qu'un verre de cidre frais tomberait à pic. Mais elle enchaîna :

— Tu sais pas c'qui m'a fait l'aut' matin ? Il est parti tout seul jusqu'au bourg pour commander des pains d'quatre livres à la boulangerie. Il en voulait une vingtaine ! Comme pour nos noces ! C'est Mme Gouillette en personne qui l'a ramené en auto. J'tais honteuse, mon Dieu, mon Dieu !

Elle continua comme ça pendant une heure. À la fin, Alfred ne l'écoutait plus, il rêvait juste d'un peu de liquide dans son gosier. Il aurait pas dit non à un verre d'eau, c'est pour dire. Soudain, une voix aiguë s'éleva à l'autre bout du couloir :

— Prune ? Pruuune, nom de Dieu !

Ernestine se leva d'un bond :

— Faut qu'j'te laisse, l'père Corrigou est réveillé de sa sieste ! J'te raccompagne pas, hein, tu connais la route !

Alfred sortit de là, hagard. Il n'avait qu'une envie : jurer mille « bon Dieu d'merde ! » à la face du Camboudin. Mais la salive lui manquait. Une voiture déboula alors dans la cour et s'arrêta à sa hauteur. C'était Odette :

— J'pars à l'hôpital. J'te dépose au bistrot en passant si tu veux ?

Alfred se dit qu'il y avait un dieu sur terre et que, des fois, il devait se déguiser en Odette.

***

La discussion allait bon train au bistrot : Titi était surveillé de près par Nini, sa femme, depuis que le docteur avait annoncé que son taux de diabète était monté en flèche. Pour voir s'il ne se servait pas en cachette, elle avait mis un élastique en caoutchouc autour de la bouteille. Ça marquait le niveau de vin qu'il restait dedans. Mais Titi baissait l'élastique à chaque fois qu'il avait bu un coup. Quand elle avait compris sa combine, Nini avait changé de stratégie et tracé une marque sur la bouteille. Titi ayant repéré le marquage, il rajoutait l'équivalent de ce qu'il avait bu en eau dans la bouteille. Au fur et à mesure qu'il le descendait, le vin rouge devenait aussi fadasse que du rosé. À la fin, il y avait plus de flotte que d'alcool dans la bouteille.

Sa troisième bolée de cidre bien frais à la main, Alfred écoutait d'une demi-oreille. Il savourait ce moment de pur bonheur, après son assoiffante expédition en terre Corrigou. Autour de lui, les copains s'agitaient. Chacun y allait de son conseil, c'étaient pas les astuces pour picoler en cachette qui manquaient. En tant que druide et guérisseur autoproclamé, Félicien était cependant le plus qualifié d'entre eux.

— On va t'trouver du *gingengre*, dit-il.

— Du quoi ? demanda Titi.

— Du *gingengre*, répéta Félicien, c'est un genre de racine qui vient de chez les Chinetoques.

— À ta place, Titi, j'me méfierais, intervint Bébert. J'fais pas confiance à ces gens-là, ils pourraient t'empoisonner.

— Nez d'bœu ! grommela la veuve Tricot.

— Vous y connaissez rien, se fâcha Félicien. Le *gingengre* a des tas de vertus ! D'ailleurs, j'peux vous assurer que c'est très bon pour l'ardeur virile, si vous voyez où j'veux en v'nir…

Pour une fois, il avait réussi à capter son auditoire.

— J'vous garantis qu'avec ça, n'importe qui pourrait d'venir le roi d'ces dames !

Les oreilles d'Eugène se dressèrent.

— D'après c'que tu nous en parles, ça a l'air bien, dit-il. Et ça s'trouve où, ton truc ?

— Pourquoi ? T'as ton escargot qui veut sortir de sa coquille ? se moqua Marcellin.

Eugène haussa les épaules. Alfred quitta un moment sa torpeur pour observer son ami : qu'est-ce qu'il avait encore derrière le crâne ? Il lui avait pourtant juré que ses intentions envers la femme du notaire étaient nobles.

— Sinon, t'as qu'à passer voir Alfred et lui d'mander un p'tit coup d'« Fragile », dit Bébert avec un clin d'œil. Y a pas meilleur remontant !

Les copains rigolèrent. Ils connaissaient tous la planque d'Alfred-le-vieux : du temps où celui-ci était encore menuisier, il avait eu l'idée du siècle pour garder ses bouteilles à portée de main. Comme il lui arrivait de fabriquer des cercueils, il en avait laissé un dans un coin de son atelier. Dessus, il avait écrit « Fragile » – il était sûr que Madeleine n'irait pas fouiner là – et dedans, il avait caché des bouteilles. Quand les copains venaient lui rendre visite, ils lui demandaient un p'tit coup d'« Fragile ».

— En attendant, j'trouve que c'est moche d'êt' malade et vieux, bougonna Titi.

On échangea des regards embarrassés.

— Allez, mon gros, dit Marcellin, t'fais pas d'bile. Comme j'ai l'habitude de dire, la meilleure façon d'rester en vie, c'est d'vieillir !

***

Ah, elle est bonne celle-là, Marcellin ! C'est pas si simple que ça, tu peux m'croire ! Ça fait longtemps que j'suis crevé dans mon urne et figure-toi que j'ai pas encore fait le tour de la question... C'est comme si j'étais vieux, sans être vieux. La Faucheuse m'a embarqué quand j'avais vingt-quatre ans. J'ai pas l'impression d'avoir bougé depuis. C'est l'avantage, ça m'a évité de prend' du bide, comme Titi ! Faut voir le bestiau, il est devenu presque aussi gros que Gégène. Fut un temps, ce p'tit monde-là était bien plus svelte. Sportif, même ! Tous les copains jouaient dans l'équipe « Des Gars du Porhoët ». Enfin, tous, sauf Prosper, qui faisait pas partie de la bande. Lui, il était dans le club des cathos. C'est pas compliqué, y a toujours eu deux camps à Saint-Ruffiac : les cocos et les cathos. Du coup, on avait tout en double : deux équipes de foot ; deux écoles primaires et même deux ensembles de musique : « La lyre ruffiacoise » (avec les copains) et « La clique Sainte-Marie » (avec Prosper et sa clarinette). Le 11 Novembre, on se retrouvait face au monument aux morts avec les pompiers. Les groupes jouaient chacun leur tour. Monsieur le maire faisait un discours et puis, après, on allait tous boire un coup au bistrot, histoire de r'mettre les pendules à zéro... Ah, c'était la belle *époque... On faisait de ces jailles* ! J'étais le plus jeune de la bande. Tophile m'aurait volontiers viré, il voulait pas d'un p'tit frère dans les pattes. « Le chiard », qu'il m'appelait. Mais j'étais pas du genre mouchard et puis j'leur servais souvent d'alibi. C'est comme ça qu'j'ai gagné ma place. Qu'est-ce qu'on s'marrait ! À bourlinguer dans les bals du coin et à laver nos chaussures dans l'bénitier de l'église avant de rentrer au bercail. On a failli se faire prendre plus d'une fois, à cause d'Eugène, qu'était le roi de la bourde. Les filles étaient quand même plus disciplinées que nous. On paradait devant elles, c'était à celui qu'aurait le plus de succès. On sortait en bande le samedi soir, cheveux plaqués sur le côté et vestons boutonnés. Chacun se servait de ses atouts. Titi était fils de marchand, c'était un beau parti. C'est grâce à ça qu'il a pu avoir Nini. Marcellin, lui, est allé chercher dans le patelin d'à côté pour ramener sa femme. Bébert s'est servi dans le coin, il aurait pas dû, mais on peut pas avoir une bonne pioche à chaque coup... Félicien, on a jamais trop su, il ment tellement ! Et pis, Alfred et Tophile... Ah ! Eux, c'étaient les beaux gosses de la troupe. Tophile parce qu'il était balèze et Alfred, à cause de ses yeux. Ils étaient clairs comme de l'eau de roche. Le salaud, il en jouait ! Faut avouer qu'il laissait pas les filles indifférentes, même s'il avait le béguin que pour une seule : Victoire. Ces deux-là, ils étaient faits l'un pour l'autre, mais ils étaient trop bêtes pour se le dire. Quel gâchis... ! Ça aurait évité tellement de malheurs ! Bref, Victoire et Alfred étaient comme cul et chemise. Le jour où*

* Fêtes.

Madeleine est arrivée à Saint-Ruffiac, ça a fait des ravages. Elle avait pas sa langue dans sa poche et des arguments de taille dans l'décolleté. Alfred a roulé des mécaniques devant elle et il a fini par avoir ce qu'il voulait. Mais il a perdu au change. Elle était pas commode, la Madeleine. Ils se sont engueulés toute leur vie. Après, il s'étonne que ses filles braillent plus fort que des charretiers ! Elles ont de qui tenir. Quant à la pauv' Victoire... elle en a bavé. Mais elle est restée digne, pas un reproche, pas un mot plus haut que l'aut', rien. Elle a tout gardé pour elle. Elle était belle, Victoire, et chic avec ça. Dommage que Thérèse n'en ait pas pris de la graine...

***

Chapitre 4

Romance à l'eau-de-vie

— J'me sens grosse et flasque, se plaignit Odette en s'affalant sur la banquette.

— C'est normal, tu fais que d'bosser ! lui répondit Agnès en s'asseyant sur une chaise. Repose-toi don un coup.

— Vaudrait mieux que j'me bouge le derrière, oui ! dit Odette. Alfréd, tu voudrais pas m'donner le magazine sur la table, s'il te plaît ? Tu s'rais un ange.

Le gamin était allongé sur le tapis de la salle. Il faisait une chaleur terrible. Volets mi-clos et glaçons dans les verres. On n'entendait rien au-dehors, à part le cor de Joson qui sonnait de temps en temps. Il se leva et apporta la revue à sa tante.

— Merci, mon chou… Lis ça, Agnès, dit-elle en lui montrant un article au milieu de *Jours de France*. Ils parlent d'un régime qu'a l'air efficace.

— Un régime ? Pour quoi faire ?

— Pour plaire aux hommes, tiens !

— Pour ce qu'ils nous l'rendent, ça vaut pas l'coup ! pesta Agnès. Ils ont qu'à de le faire eux-mêmes, leur régime. Y a pas d'raison qu'on fait plus d'efforts qu'eux !

— Pff, t'y comprends que dalle, s'agaça sa sœur. Ça se voit, que c'est pas toi qu'es célibataire sans enfant…

— Ah ben, j'te rappelle que célibataire, si ! répliqua Agnès. Enfin, c'est pas plus mal. Les hommes, c'est tous des bons à rien. Que des grandes gueules ! Tiens, en parlant de grande gueule, tu sais pas qui j'ai vu hier ?

— Dis toujours.

— « Fouille-merde », le mari d'la coiffeuse ! Il en tient une couche, çui-là ! J'crois qu'son cas s'arrange pas depuis l'accident…

— Chuuut ! l'interrompit Odette en désignant Alfréd du menton.

Mais celui-ci s'était rallongé sur le tapis et roupillait. Agnès poursuivit plus bas (ce qu'elle ne savait pas faire, vu qu'elle avait une voix de fumeuse grave et tout écorchée) :

— T'es pas au courant ? Il a été mêlé à un règlement de comptes et il a tiré un coup de fusil à la sortie de la messe de Plumieux. Il s'est trompé de cible et il a touché gros Jacquot, tu sais, ce vieux gars qui pique des poulets au Prisunic, alors que sa nièce est caissière là-bas !

— C'est pas possib', quel boulet ! commenta Odette. Une chance que la coiffeuse ait foutu son bonhomme à la porte. Elle a été inspirée ce jour-là. Comme quoi, y a un bon Dieu, même pour les pauvres…

Étendu sur le tapis à leurs pieds, Alfréd avait les paupières fermées. Mais, en vrai, il ne dormait pas. Mieux, il n'avait pas perdu une miette de leur conversation : pour « Fouille-merde », il était déjà au courant, les jumeaux lui avaient raconté. Mais pour le régime, c'était une autre histoire… Si tout cela était vrai, peut-être qu'il tenait là un nouveau moyen de séduire Mlle Annie ? Sa mère n'avait pas tort : pourquoi les femmes devraient être les seules à faire des efforts ? Les hommes aussi pouvaient s'y mettre ! Une petite diète, et zou ! La maîtresse tomberait sous son charme. Ça coûtait rien d'essayer.

« Dites oui à la viande, et non sucre ! » Alfréd relut la phrase trois fois. S'il avait bien compris l'article, il fallait manger plein de viande (car elle allait directement dans les muscles) et pas de sucre. Pour la première partie, ça irait, il pourrait mettre les bouchées doubles sur le pâté de lapin de son grand-père, reprendre à volo du rosbif les jours de fête et manger sans compter les saucisses ramenées de Ker Viande par sa mère. Pour la deuxième partie, ça promettait d'être moins rigolo. Il y avait du sucre dans tout ce qu'il aimait : les bonbons, les desserts, la confiture, le chocolat et… les gâteaux de Nénette. Aïe ! Qu'allait-il advenir de son atelier pâtisserie du mercredi ? Tout le monde savait que c'était son activité préférée (avec la belote). Il ne pouvait quand même pas aller chez sa meilleure amie et ne goûter à rien, d'autant plus que son rôle à lui, c'était de *manger* les gâteaux, pas de les préparer !

Le gamin réfléchit : est-ce qu'il avait *vraiment* besoin de le faire ? Il n'était « pas si gros que ça » (c'est ce que lui avaient assuré les jumeaux). Mais il avait des doutes. Son bermuda le serrait à la ceinture et tous ses maillots de corps le boudinaient. Sa mère l'appelait « mon p'tit saucisson » et Jean-Pierre Poilvert le traitait de « goret ». Son papi avait même essayé de le faire maigrir en le faisant courir derrière son tracteur… Il continua de feuilleter *Jours de France* et tomba sur une publicité pour Weight Watchers, une méthode américaine révolutionnaire pour perdre du poids. Décidément, pas moyen d'y échapper… Il se demanda quel était le genre d'homme de Mlle Annie. Une image surgit devant lui : c'était la couverture du livre qu'il avait chipé à sa tante, l'autre soir. Dessus, il y avait un homme et une femme qui se tenaient dans les bras l'un de l'autre devant un coucher de soleil avec du vent dans leurs cheveux. La femme portait une robe rouge et l'homme une chemise (transparente !) qui laissait deviner tout un tas de muscles dessous. Ça s'appelait *Passion du désir*. Le titre ne lui parlait pas trop, mais l'image l'avait intrigué. Il avait hésité à le prendre, puis s'était dit que sa tante ne remarquerait rien. Il en avait lu quelques pages et ça l'avait vite ennuyé. Il n'y avait ni action ni bagarre et, en plus, ce n'était pas drôle. Il avait pourtant comme dans l'idée que ça pourrait lui apprendre des choses qui n'étaient pas dans son *Petit Robert*.

Il entendit du bruit et cacha le magazine dans son dos. Il s'était installé au fond du jardin, adossé au grand marronnier, pour ne pas être dérangé. Mais ce n'était que Biscotte qui venait le chercher pour jouer. Il demanda à son chien de l'attendre là et retourna à toute vitesse dans la maison pour remettre la revue à sa place. Au moment de ressortir, ses yeux tombèrent sur le tourne-disque. C'était trop tentant ! Il choisit un 45 tours et mit la face A. Puis il posa délicatement le diamant sur le morceau numéro un et monta le volume à fond. France Gall se mit à chanter :

Annie aime les sucettes, les sucettes à l'anis !

***

Une baguette croustillante de chez Gouillette sous le bras, Alfred-le-vieux grimpa sur son vélo. Rien de tel qu'une bonne mie fraîche pour étaler son pâté de lapin dessus. Il traversa Saint-Ruffiac en sifflotant un air de Charles Trenet. Le ciel était franc bleu et une brise légère le poussait dans le dos. Que demandait le peuple ? Il allait bifurquer vers le Camboudin quand il décida de rendre visite à Eugène. Celui-ci habitait une bicoque à la sortie du bourg. Il y vivait seul depuis que sa mère était décédée, voilà des années de ça. Il trouva son ami fort affairé dans son hangar en taule.

— Aaah, Alfred ! J'suis ben content d'te voir ! s'exclama Eugène.

Alfred-le-vieux sourit.

— Tu pouvais pas mieux tomber, j'avais besoin d'aide !

Le sourire d'Alfred retomba. Ça sentait l'arnaque à plein nez, sûr qu'il allait devoir mettre la main à la pâte. Sans transition, Eugène lui montra ce sur quoi il était en train de travailler : un vieux vélo rouillé.

— Qu'est-ce que tu veux faire de ça, mon Gégène ? (Eugène ne se déplaçait *que* sur sa mobylette orange.)

— J'ai pensé qu'ça changerait un peu ! répondit celui-ci en baissant les yeux.

Alfred se méfia aussitôt : quand son ami regardait par terre, c'est qu'il était pas franc du collier.

— Laisse-moi d'viner… C'est encore à cause d'la femme du notaire ?

— Ben non, pourquoi qu'tu dis ça ? bredouilla l'autre.

— Allez, raconte. Tu l'as encore rencontrée *par hasard* ?

La femme du notaire promenait son bébé tous les après-midi après la sieste. Depuis qu'il l'avait croisée lors d'une de ses balades, Eugène s'était mis en tête de retomber sur elle « par hasard ». Il sillonnait les rues et les chemins alentour, mais elle ne lui facilitait pas la tâche, car elle changeait d'itinéraire et n'hésitait pas à prendre son auto.

— J'l'ai croisée près du terrain de foot ! J'tais allé là-bas pour surveiller la pelouse, parce que Marcellin m'avait dit qu'elle était pas en bon état. Il avait pas tort, tu verrais ça, elle est *envahite* des pâquerettes ! Y en a, *à perte d'ovule* !

— Gégène, j'm'en fous de la pelouse du stade ! le coupa Alfred.

Eugène ne savait pas raconter les histoires, il se perdait souvent en route et il fallait sans arrêt le remettre sur les rails.

— Tu voulais m'raconter ta rencontre avec la bonne femme du notaire. Alors quoi ? Elle est venue vers toi et elle t'a demandé d'acheter un vélo ?

— Mais non, imbécile ! le rabroua son ami. Elle marchait dans ma direction, alors j'suis descendu d'mon engin et j'l'ai saluée, comme y s'doit.

Eugène inclina légèrement le buste en reculant son pied droit. Une révérence à la mode du Camboudin, sans doute.

— Ensuite, j'ai voulu faire un brin de causette… Mais elle était pressée.

— Tu m'étonnes !

— J'l'y ai proposé d'emmener son p'tit Jean-Étienne faire un tour sur mon bolide quand il aurait l'âge.

— Nan !

— Dame si ! Elle avait pas l'air emballée. Elle m'a dit qu'elle préférait le vélo. Parce que ça faisait moins de bruit – j'ai coupé mon moteur du coup, parce que j'avais oublié. Tu sais comment que j'suis. J'pense à des trucs et la seconde d'après, viou ! C'est parti ! Donc… Où c'est qu'j'en étais ?

— Le vélo, Gégène, le vélo !

— Ah oui ! Elle a dit que le vélo, c'était moins dangereux que la mob', niveau sécurité, vitesse et tout. Là, j'ai senti qu'c'était sérieux. Je l'ai r'gardée droit dans le blanc de l'œil et j'l'y ai dit : vous inquiétez pas pour moi, j'suis prudent. J'mets mon *grignotant* avant de tourner et je conduis jamais bourré (ou presque). Pendant une infraction de seconde j'ai cru qu'elle allait m'sortir un truc gentil. Mais non, elle est partie.

— Et c'est tout ?

— Ben oui.

Cet échange court, et sans grand intérêt, avait tout de même décidé Eugène à retaper le vieux vélo de son père. Il y avait du boulot, mais c'était faisable. La rouille n'avait pas trop attaqué le cadre et la chaîne était en bon état. Alfred ronchonna tout en retroussant ses manches. Puisque son ami y tenait…

Le satané vélo leur donna du fil à retordre. Ils travaillèrent dessus pendant plusieurs heures. Comme ça cognait dur sous le toit de taule, Eugène leur sortit de quoi se rincer le gosier. En fin d'après-midi, ils s'accordèrent une pause bien méritée que Bébert vint gâcher en débarquant à grands coups de klaxon. Il sortit de sa R5 déglinguée en râlant. Il était très rouge et avait les cheveux en pagaille. On aurait dit un poulet ébouillanté. Sans prendre la peine de les saluer, il entra dans le vif du sujet :

— Y a Joly Laryday qu'a encore fait des siennes !

Son chien s'appelait comme ça à cause de Johnny Hallyday (la femme de Bébert était fan du chanteur, mais n'avait jamais su prononcer correctement son nom). Bébert était sens dessus dessous. Leur roquet avait fricoté avec une bâtarde aux longs cils du hameau des Trois-Croix. Jusque-là, c'était tolérable. Mais ensuite, la petite chienne avait accouché clandestinement d'une portée de six chiots mâles au fond de leur garage. Quand sa femme et lui avaient découvert le pot aux roses, ça avait été le drame. Bébert avait voulu les noyer dans l'Affreuse sans attendre, mais sa femme s'y était catégoriquement opposée. Elle, qui n'avait pas eu d'enfants, tenait à son toutou et à sa descendance comme à la prunelle de ses yeux. Elle avait traité son mari de bourreau et de meurtrier avant de le poursuivre avec une casserole. Bébert avait dû céder et s'était donc vu chargé d'une mission de la plus haute importance : refourguer toutes les bestioles, sans exception.

Eugène et Alfred haussèrent les sourcils : connaissant le père de la portée, personne n'accepterait d'adopter un de ses chiens. On faisait pas pire que Joly niveau caractère. Quant au physique, c'était même pas la peine d'en parler.

Quand Alfred remonta sur son vélo pour rentrer, Bébert essayait encore de convaincre Eugène de lui prendre un chiot. Ses arguments étaient de plus en plus minables, mais il s'accrochait comme une tique…

Ils avaient picolé tout l'après-midi. Alfred faillit atterrir dans le fossé à plusieurs reprises. Heureusement, un reste de réflexe lui permit de garder son honneur sauf. Les choses se compliquèrent lorsque Biscotte vint à sa rencontre. Le maudit cabot adorait chiquer les mollets des cyclistes, tout âge et tout degré d'ivrognerie confondus. Le vieux finit par capituler et termina en poussant son vélo. Une chance que Victoire ne le voie pas dans cet état, elle se serait moquée de lui à coup sûr ! Depuis la dernière fois, il avait réfléchi à une nouvelle stratégie pour lui offrir la bague : puisqu'il n'y arrivait pas quand ils étaient tous les deux au calme, il avait décidé de la lui donner au milieu de la cohue. Dans quelques jours, tout le village se retrouverait à la salle communale pour le grand loto de l'été. À ce qu'il paraît, le comité des fêtes avait fait appel à un animateur professionnel. Il y aurait une ambiance musicale et pas mal de mouvement. Il lui suffirait de glisser la petite boîte carrée dans la main de Victoire, mine de rien, et le tour serait joué ! C'était sans doute un brin lâche, mais ça lui éviterait tout le chichi.

Arrivé à la ferme, il laissa son vélo au milieu de la cour et alla se mettre au frais à l'intérieur. Il évita de justesse le serpentin attrape-mouches qui pendouillait du plafond, près de l'évier. De mémoire d'homme, il y avait toujours eu des mouches à la ferme et il y en aurait toujours. Pas besoin d'avoir fait des études pour savoir ça. Odette voyait les choses d'un autre œil.

Elle avait déclaré la guerre aux mouches et installé des scotchs de partout. Les bestioles venaient crever dessus, sans pouvoir demander leur reste. Sa fille plaisantait en disant que ça faisait un tableau de chasse du plus bel effet. Le vieux était loin d'être d'accord, mais, après tout, elle vivait autant que lui sous ce toit…

Il entendit du grabuge au fond du couloir. Ça venait de la chambre d'Odette. Il trouva sa fille en plein remue-ménage.

— C'est pas vrai ! s'exclama-t-elle, j'arrive pas à remettre la main sur lui !

— Sur qui, ma fille ?

— Un livre ! C'est une collègue qui me l'a prêté. Je voulais lui rendre, mais il a disparu. J'étais pourtant certaine de l'avoir laissé sur ma table de chevet. Y a un couple sur la couverture, genre *Autant en emporte le vent*. Ça te dit rien ?

Elle le regarda en plissant les yeux, puis se ravisa. Son père ne lisait pas.

— Il est naze en plus, poursuivit-elle. Je l'ai même pas terminé. C'est juste que ça me détend de bouquiner ce genre d'âneries. Je m'évade pour pas cher, tu vois ce que je veux dire ?

Alfred-le-vieux ne voyait pas. De toute façon, elle se parlait plus à elle-même qu'à lui.

— Normalement, les romances à l'eau de rose, c'est pas mon truc, dit-elle en secouant la tête. Un macho qui drague une nunuche, ça fait pas franchement rêver. Mais bon, ça me change les idées…

Elle fit une pause avant d'ajouter :

— J'voudrais pas finir vieille fille au Camboudin, c'est tout.

Le vieux renifla un coup. Là, il avait compris.

— L'eau de rose, j'connais pas, mais l'eau-de-vie, oui ! Viens, mon Odette, on va s'ouvrir une p'tite boutanche, spéciale de ma réserve de « Fragile ». Au point où on est, ça peut que nous faire du bien !

***

Pas un chat, aujourd'hui. Ils sont tous allés au loto. De toute façon, y a que ça et la Toussaint pour les faire décoller d'ici. Tophile est seul derrière le bar. J'crois qu'il apprécie quand Marthe est de sortie, ça lui fait des vacances. J'trouve mon frère étrange ces temps-ci. On dirait qu'il est ailleurs, comme si quelque chose le tracassait. J'arrive pas à savoir quoi. Il essuie le même verre depuis dix minutes et ça a pas l'air de le déranger... Dans son coin, y a la veuve Tricot, Didile pour les intimes, qu'arrête pas de jeter des coups d'œil vers le comptoir. Sa table est bien située, elle a vue sur le bar. Et sur Tophile. J'crois qu'il se rend pas compte que ça fait des décennies qu'elle l'observe. Moi, elle m'touche, Didile. Déjà, parce que c'est la seule qui me parle, et pis en plus, elle a un bon fond. C'est vrai qu'elle insulte tout le monde, mais c'est pas méchant. Faut admettre qu'elle a pas eu une jeunesse facile. Sa mère picolait comme un trou. Quand elle était bourrée, elle reconnaissait plus sa propre fille et elle la laissait sur le pas de la porte. Elle la traitait de tous les noms et lui filait même des gnons. C'était pas une lumière, sa mère. Sa cahute était tellement pourrie qu'il pleuvait dedans. Du coup, elle dormait dans une armoire. C'est d'ailleurs dans cette armoire que Didile l'a retrouvée morte. Après, Didile s'est mariée à un drôle de moustachu qui *louchait d'un œil, mais qu'était plutôt gentil dans son genre. Il est mort pas longtemps après, asphyxié dans une fosse à purin. Ça l'a pas aidée, la pauvre... C'est à cette époque que le bistrot est devenu sa deuxième maison. Elle a une ardoise longue comme le bras, heureusement, Tophile est pas trop r'gardant. Marthe, par contre, elle la supporte pas. C'est simple, elles peuvent pas se blairer. Quand elles sont ensemble, elles ont le poil qui se hérisse, on dirait des marcaous* prêts à se mettre dessus. La version officielle, c'est que Marthe est près de ses sous. Du coup, la veuve Tricot et ses dettes, c'est comme un chapelet de verrues accroché autour de son cou. L'autre version, c'est que quand elles étaient jeunes, elles faisaient la cour à Tophile. La Tricot était un joli brin de fille – c'est dur à croire, je sais, mais c'est vrai, j'peux en témoigner – et elle avait l'esprit vif. Marthe, elle, était déjà costaude – bon, pas aussi grasse que maintenant, elle mangeait pas encore un camembert entier pour son dessert. Bref, un jour, elles se sont battues devant mon frère. À l'époque, Tophile était champion de lutte bretonne, il collectionnait les trophées. Alors, quand Marthe a écrasé la Tricot comme une crêpe en s'asseyant dessus, il est tombé sous son charme.*

Comme quoi, ça tient à pas grand-chose, la réussite. Des fois, je me dis que si Marthe l'avait pas aplatie ce jour-là, eh ben la Tricot, elle serait peut-être derrière le bar à l'heure qu'il est. Debout. Et bien campée sur ses jambes.

***

---

* Chats.

Alfréd était tout excité : aujourd'hui, c'était le grand loto de l'été. Il n'aurait manqué cette sortie pour rien au monde. D'abord, parce que tous les copains du café étaient là et, ensuite, parce qu'il y avait des tas de cadeaux géniaux à gagner. Quatre ans plus tôt, sa mère avait fait carton plein dans les dernières minutes de jeu. Ils étaient repartis avec le gros lot : un énorme panier rempli de bonnes choses à manger. Il espérait que la chance serait de leur côté cette année encore.

Alfred-le-vieux les rejoignit au moment où Agnès démarrait la 404 pour partir. Il avait mis ses baskets blanches (qui commençaient à devenir marron sur le devant) et une chemise neuve. Il s'assit à l'avant et, avant même de refermer sa portière, il se retourna pour ébouriffer les cheveux du gamin. Alfréd demanda à son grand-père s'il était prêt. Celui-ci prit un air grave et répondit tout en tapotant une des poches de son pantalon :

— J'espère que cette fois sera la bonne, mon p'tit gars.

Puis il lui fit un sourire qu'Alfréd ne connaissait pas. Le gosse avait pourtant répertorié tous les sourires de son grand-père : celui qu'il faisait avant de sortir une grosse bêtise ; celui des grandes occasions (quand sa canine droite était de sortie) et celui qu'il réservait à M. Ducos, le vendeur du camion-boutique (celui-là, c'était pas vraiment un sourire, plutôt une espèce de grimace, qui lui faisait de très petits yeux).

Ils arrivèrent dans les premiers. Des tables sur tréteaux et des bancs étaient alignés dans la salle communale. Sur scène, on avait installé une table avec une sono qui diffusait du yéyé. Son grand-père trouva ça beaucoup trop bruyant. Il grommela que c'était bon pour les zigotos qui ne savaient pas danser et que, de toute façon, on n'avait rien inventé de mieux que la musette. Le gamin répondit « oui, oui », pour ne pas le contrarier, mais il n'était pas d'accord : ça changeait de l'accordéon ! Si le présentateur était aussi branché que la musique, ça promettait d'être hyper chouette. Alfréd avait hâte de le voir. En attendant, ils achetèrent des cartons à une dame qui avaient des ongles comme des roses Malabar et s'installèrent à une table, pas trop loin de la buvette, question de stratégie. Il y avait des gâteaux dont certains étaient encore emballés dans de l'aluminium. Agnès posa sa tarte aux framboises à côté. Elle était appétissante, mais Alfréd s'était promis d'être raisonnable : une seule part. Il faudrait choisir parmi les pâtisseries exposées. Il attendrait qu'elles soient toutes visibles pour se décider. Il se retrouva assis entre sa mère et son grand-père. Ils furent rejoints peu à peu par les autres. D'abord Victoire et Thérèse. Quand elles s'approchèrent, son papi refit son sourire bizarre de tout à l'heure. Suivirent Titi et Nini, en tenue du dimanche, puis Nénette (qui avait apporté une incroyable charlotte aux fraises), et le reste de la bande. Quand Marthe les rejoignit, essoufflée et rougeaude, Marcellin s'exclama :

— Alors, comment va la plus gracieuse ?

Le gamin fronça les sourcils. Marthe n'était pas vraiment gracieuse. Elle avait dû être belle autrefois. Mais autrefois, c'était il y a longtemps. Elle portait un chemisier qui la serrait trop. Le col remontait jusque sur son menton. Elle n'avait pas de cou et répétait tout le temps que c'était « le drame de sa vie de femme ».

Alfréd avait du mal à se l'imaginer jeune. Il avait l'impression que Marthe avait toujours été comme maintenant. D'ailleurs, c'était valable pour tous les autres. Parfois, il lui semblait impossible qu'ils aient eu son âge à lui. Et pourtant…

— Messieurs-dames, mes respects, dit une voix grave derrière eux.

C'était Prosper. Les visages se fermèrent. Les copains ne l'aimaient pas, mais alors pas du tout. Le gosse avait déjà demandé pourquoi et on lui avait répondu qu'il était trop jeune pour comprendre. Lui, il trouvait que Prosper avait de l'allure et qu'il parlait mieux que la moyenne. Impeccablement coiffé comme à son habitude, Prosper leur donna à tous une poignée de main parfumée à l'eau de Cologne. Arrivé devant Nini, il prit son temps pour lui faire les quatre bises réglementaires. Quand Nini se rassit, Alfréd remarqua qu'elle avait les joues roses. À côté d'elle, Titi n'avait pas l'air content. Soudain la musique se tut et la femme aux ongles roses prit la parole au micro :

— Votre attention, s'il vous plaît, le grand moment est enfin arrivé ! Je vous demande de faire un triomphe à votre animateur star, celui qui enflamme les pistes de danse, celui que la France entière réclame, celui qui fait chavirer le cœur des femmes… J'ai nommé « Peter l'enjôleur » !

Peter entra sur scène sous les applaudissements. Alfréd battit des mains de toutes ses forces. Mais quand il le vit, il fut très déçu. Le présentateur était minus avec des cheveux épais sur le haut du crâne. Il portait un pantalon blanc moulant et une chemise fleurie avec un col pelle à tarte. Quand il souriait on voyait entièrement ses gencives, ça lui faisait une tête de cheval avec des dents courtes. Il parlait tellement vite qu'on ne comprenait qu'un mot sur deux. Il passa les lots en revue avec plein d'adjectifs exagérés : « une splendide cafetière », « une sortie de bain mirobolante », « de la volaille vivante de haute qualité ». Puis il s'assit devant un boulier et commença à le faire tourner, pendant qu'un roulement de tambour sortait des enceintes : le jeu pouvait commencer. Le silence se fit aussitôt dans la salle. Armés de grains de maïs pour marquer les numéros annoncés, les participants étaient concentrés devant leurs cartons. Alfréd jeta un coup d'œil autour de lui : Eugène avait chaussé des lunettes à double foyer. Avec ses gros sourcils en biais, il lui fit penser à un hibou ; sa mère jurait des « bon Dieu ! » après ses grains de maïs qui ne tenaient pas en place ; et Félicien opinait du chef d'un air entendu à chaque nouvelle boule tirée, comme s'il savait qu'elle allait sortir. Le gamin connaissait par cœur le surnom donné à chaque numéro : le 51, c'était le pastis ; le 90, le grand-père ; le 22, la maréchaussée ; le 18, les pompiers ; le 69, l'érotique (le sens de celui-là lui échappait).

À l'entracte, tout le monde se rua vers la buvette. Il fallait jouer des coudes, mais ça restait bon enfant. Pendant qu'Alfréd et sa mère attendaient leur tour, la coiffeuse s'approcha d'eux, son bichon dans les bras. Elle changeait de couleur de cheveux tout le temps. Comme elle l'expliqua à Agnès, qui s'en fichait complètement, elle s'était lassée du roux renard et du blond des blés, pour tenter le tout pour le tout : noir corneille. Elle piqua une Gauloise à Agnès, puis lui demanda :

— Alors tu l'trouves comment, le Peter ?

— Bof, répondit Agnès, sa tronche me revient pas, et pis ses cheveux sont bizardos.

— J'te parie que c'est une moumoute ! chuchota la coiffeuse. C'est voyable de la route, que c'est pas ses vrais tifs !

Alfréd haussa les épaules, elle racontait n'importe quoi ! Après mûre réflexion, il s'était décidé pour une belle part de gâteau au chocolat. Au moment où on la lui servit, la coiffeuse s'exclama :

— Ah ben, t'es là, toi ! J't'avais pas vu, mon bonhomme ! Si j'aurais su, j'aurais emmené les garçons !

Elle poursuivit plus bas, en se penchant vers Agnès :

— Les jumeaux sont à Trémuson, avec leur père, pour voir une course de cochons. J'ai pas pu faire autrement, il a encore menacé de faire brûler ma boutique. Et pis, il voulait du fric. J'me d'mande dans quel merdier il s'est encore fourré !

La voix de l'animateur les rappela à leur place. Quand Alfréd revint à la table avec sa part de gâteau à moitié entamée et son verre de jus, il remarqua que son papi n'avait pas bougé. Il était en grande discussion avec Victoire et tripotait une des poches de son pantalon, comme si quelque chose le grattait à l'intéricur. En face d'eux, Thérèse regardait dans le vide. Le gamin ne l'avait jamais vue sourire ; il eut de la peine pour elle. Elle n'avait pas grand-chose en commun avec sa mère. Victoire était toujours pimpante, même ses rides avaient l'air jeunes.

Alfréd bâilla. Le jeu touchait à sa fin et ni lui ni sa mère n'avaient complété une seule ligne. Soudain, une petite voix cria quelques chaises plus loin : « Double quine ! » et un doigt tout tordu par l'arthrite se leva.

C’était Nénette. Elle venait de gagner un jambon plus gros qu’elle.

Après avoir aidé Nénette à charger le jambon dans sa 4L, ils regagnèrent la 404. Alfred-le-vieux semblait préoccupé.

— Ben alors, vénérable papi, tu t’es pas amusé ?

— Si, si, mon gars… C’est juste que… j’aurais pu mieux faire.

— Mais c’est pas de ta faute, c’est un jeu de hasard !

— Oui, de hasard… mais un peu de courage aussi…

La réponse de son grand-père le laissa pensif. En sortant des toilettes tout à l’heure, Alfréd avait croisé le présentateur qui s’engueulait avec la dame en rose. Elle l’appelait *Pierre*. *Peter*, ça devait pas être son vrai nom. Il tenait une perruque dans sa main.

Avec son crâne chauve et son air de chien battu, Peter n’avait plus rien de l’animateur star qui faisait chavirer le cœur des femmes dans la France entière.

***

Chapitre 5

Faire la cour en vélo

Quand il avait des idées noires, Alfred-le-vieux allait au terrain de foot. Il s'asseyait dans les tribunes et écoutait le vent dans les peupliers. Ça lui rappelait sa mère. Lorsqu'il était gosse et qu'il se promenait avec elle sous les grands arbres, elle lui disait souvent de s'arrêter pour écouter. Il fermait les yeux et le vent dans les feuilles se mettait alors à chanter pour eux… Il se demandait ce qu'elle aurait pensé de cette histoire de bague. Elle ne la lui avait sûrement pas donnée pour qu'il la laisse moisir, cinquante ans durant, en haut d'une armoire. Depuis le grand loto de l'été, ça cogitait dur dans sa vieille caboche. La bague était restée dans sa poche tout le long du jeu. Ce n'étaient pas les occasions qui avaient manqué, pourtant ! Victoire et lui étaient assis côte à côte, il aurait suffi de la lui passer sous la table, ni vu ni connu. Mais il s'était dégonflé. Faut dire qu'elle l'avait pas aidé non plus : pendant l'entracte, alors que tout le monde était à la buvette, elle lui avait déclaré qu'ils n'étaient pas éternels et que, s'ils avaient des trucs à se dire, ben fallait pas trop tarder. Ça lui avait coupé la chique.

Qu'est-ce qu'elle entendait par là ? Est-ce qu'elle avait deviné qu'il se posait des questions sur le père de Thérèse ? Il avait pas réagi assez vite et les autres étaient revenus à table. Alfred se sentait minable. Aussi bien pour son attitude de maintenant que pour celle d'avant. Par le passé, il avait fait beaucoup de mal à Victoire. Quand Madeleine était arrivée à Saint-Ruffiac, il l'avait laissée tomber. Madeleine s'était retrouvée en cloque dès leur première fois et ils avaient dû se marier dans la foulée. À l'époque, il avait pas trouvé le courage de s'excuser auprès de Victoire. Et quand il s'était enfin décidé à le faire, on lui avait appris que celle-ci était enceinte. Pas de père, pas d'explication. Il lui en avait voulu, même si c'était lui qui avait fauté le premier. Ensuite, la vie avait suivi son cours et on avait enterré toutes les vieilles rancunes. Et voilà que tout voulait ressortir ! Quel merdier ! Le vieux essaya de se rassurer, la situation aurait pu être bien pire. Victoire avait fait une attaque l'an passé et elle avait failli y rester. Heureusement, tout était rentré dans l'ordre.

Le vent se leva et les peupliers se mirent à discuter entre eux. Alfred ferma les paupières un instant. Quand il les rouvrit, quelqu'un était apparu à l'autre bout du terrain de foot : un gros bonhomme qui longeait les rambardes en direction des tribunes. Titi. Alfred fit la grimace. C'était râpé pour la tranquillité.

Titi ne semblait pas ravi de le voir non plus.

— Bah, qu'est-ce tu fous là, toi ? demanda-t-il en se hissant jusqu'à lui.

— Et toi don ?

— J'viens ici pour avoir la paix.

— Ça tombe bien, moi aussi.

Ils se turent. Au moins, ils étaient d'accord là-dessus. Ils restèrent un moment, comme ça, à contempler les pâquerettes sur la pelouse. Mais, comme un fait exprès, Titi arrêtait pas de souffler très fort par le nez. Ça finit par agacer Alfred qui ne s'entendait même plus penser. Il creva l'abcès en entamant la conversation. Il parla d'abord de l'aïeul Guézennec qui était sur la fin. Une mort en août, c'était pas l'idéal. Ça promettait un enterrement en plein soleil, un vrai calvaire. Puis ce fut au tour de Joson et de ses bêtises. Mais la discussion se traînait, Titi n'y mettait pas du sien. Alfred s'impatienta :

— Bon Dieu d'merde, Titi ! De deux choses l'une : ou tu m'dis ce qui t'tracasse ou tu lèves ton honorab' derrière de là, et tu t'en vas ! J'étais là avant, j'suis prioritaire !

Titi prit un air grave. Il tira un mouchoir, grand comme un torchon, de sa poche et l'examina attentivement pour trouver un coin libre. Puis il se moucha à plusieurs reprises avant de l'inspecter à nouveau et de le remettre à sa place. Il était prêt à parler :

— J'ai des soucis. Avec Henri.

C'était donc ça ! Alfred grogna. Il n'avait pas envie d'entendre Titi se plaindre que son aîné avait un problème avec sa nouvelle Citroën DS ou que son cadet ne savait plus quoi faire de ses sous. C'étaient de « faux » soucis. Titi et Nini étaient à l'origine d'une fratrie de quatre garçons costauds, tous mariés et pères. Le dernier s'appelait Henri. Un grand gars solidement bâti et crâneur à ses heures, qui dirigeait une boîte automobile. Il avait trois enfants et une grosse propriété du côté de Bordeaux. Alfred s'attendait au discours habituel de son ami. Mais il ne fut question ni de baraque au bord de la mer, ni de grosse bagnole. Au contraire, ça parla de vie foutue et d'échec. Titi paraissait complètement déboussolé. Même la Gitane maïs éteinte qui était collée au coin de son bec pendait lamentablement. Alfred essaya de l'aider :

— Auf, tu sais, les gosses, c'est plus d'emmerdes qu'autre chose, hein !

Titi fronça les sourcils.

— Ah ben, tu mâches pas ta langue, toi ! En même temps, c'est vrai que tes filles…

— Quoi, mes filles ?

— Ben, tu sais bien… elles sont pas faciles, faciles, si tu vois c'que j'veux dire…

— Pas du tout.

— Allez, fais pas ton museau d'cochon, j'voulais pas dire du mal d'elles, va…, s'excusa Titi.

Alfred opina du chef. Il passait dessus. Pour cette fois.

Son ami en profita pour cracher le morceau :

— Henri va divorcer d'avec sa femme.

***

J'en crois pas mes oreilles ! Alfred vient d'annoncer à Tophile que le p'tit Henri est rentré au bercail ! J'le connais depuis qu'il est gosse. Enfin, pas vraiment, vu que j'tais mort avant sa naissance, mais quand même. J'l'ai vu grandir, comme tous les autres. Un mastard, le Henri, la nature l'a pas laissé en reste ! Et puis une belle gueule, avec ça. Bon, là, il doit être dans un sale état. D'après c'que j'ai compris, il divorce. Il paraît que Titi tire la gueule. Tu m'étonnes ! La famille, c'est sa fierté ! Quatre fils bien portants, géniteurs de treize petits-enfants, aussi gros et gras que leur grand-père... ça doit être dur.

Les gnards, c'est pas que des cadeaux... Entre ceux qu'on voit jamais, ceux qu'on voit trop et ceux qui font que passer, y a d'quoi d'venir cinglé. J'suis pas un expert, vu ma situation, mais j'vois bien comment les copains y triment. Si on prend Marcellin, par exemple : lui, il prie la Sainte Vierge tous les samedis pour que son gars le laisse en paix le dimanche. Alors que Nénette, elle est malheureuse parce que ses enfants promettent tous les ans de venir à Noël et qu'ils le font pas... Y en a une autre qu'est à plaindre, c'est la femme de Bébert. Ils ont pas réussi à avoir d'enfants. Alors, Joly Laryday, ben, il sert de remplaçant en quelque sorte. Ça excuse pas tout, je sais, mais on comprend mieux, après, pourquoi ils fêtent l'anniversaire de leur chien tous les ans avec un gâteau spécial de chez Gouillette. Ça fait un peu honte à Bébert, de mett' une bougie pour son clébard, mais il veut pas faire de peine à la patronne. Surtout qu'apparemment, ça serait de sa faute à lui. En tout cas, c'est c'que sa femme a confié à Marthe. Soi-disant que le boudin de Bébert s'rait pas assez vigoureux pour planter la graine. Ben quoi ? C'est quand même pas ma faute si j'entends tout ce qui s'dit ici ! Ils ont qu'à pas venir raconter leur vie au comptoir !

Et puis, ils sont pas tous malheureux, faudrait pas exagérer ! Tophile et Marthe, par exemple, ils ont de la chance. Ils s'en sortent plutôt bien avec leurs enfants. Alfred non plus, il est pas trop mal loti. Odette et Agnès ont beau être gratinées, ce sont de chouettes filles. Enfin, surtout Odette, parce qu'Agnès, elle est pas tendre. Heureusement qu'y a le p'tit pour la tenir droite, sinon ça ferait longtemps qu'elle se s'rait mise minable !

***

Agnès recracha son vin et éclaboussa Alfréd assis en face d'elle. Le gamin ne pensa même pas à essuyer le vin sur son front tellement il rigolait, lui aussi. Ils étaient attablés autour du poulet dominical, avec tata Odette et son grand-père. Tout ce petit monde commentait allègrement la mésaventure qui avait eu lieu le matin même au village : les deux Alfred étaient en route pour la boulangerie, quand Eugène avait débarqué au guidon de son nouveau vélo sur la place de Saint-Ruffiac. Il avait bien choisi son moment, c'était la sortie de la messe et une bonne partie des habitants était dehors, à bavarder à l'ombre des tilleuls. Jambes écartées et sourire en coin, Eugène était fier comme un coq. Il avait fait plusieurs tours de place avec son engin qui brillait de partout. Son vélo était peint en rouge pétard, on ne pouvait pas le louper. Il n'était pas tout à fait à l'aise niveau équilibre, mais, pour une première, on ne pouvait pas lui en vouloir. Il avait fini par s'arrêter pour discuter avec grand-père et petit-fils. Le gamin avait vite remarqué que leur ami n'écoutait rien de ce qu'ils lui racontaient. Il était bien plus intéressé par ce qui se passait derrière eux, sur le parvis de l'église : la femme du notaire était en pleine discussion avec monsieur le curé. Alfred-le-vieux avait fini par s'apercevoir, lui aussi, qu'Eugène n'était pas attentif. Il avait alors dit à son petit-fils qu'il préférait aller chez Gouillette acheter du pain à la grosse charolaise plutôt que de parler à une andouille de Guémené.

Ils avaient donc pris la direction de la rue commerçante de Saint-Ruffiac. Alors qu'ils étaient presque arrivés en bas de celle-ci (elle était très pentue), une sonnette de vélo avait retenti dans leur dos. C'était Eugène qui dévalait la rue à fond. Quelqu'un avait crié : « Allez champion ! » et un autre : « C'est l'tour de France ! »

Mais Eugène ne souriait plus : son vélo était devenu fou.

— Cet imbécile avait huilé *tout* son vélo pour qu'il brille, même les roues ! s'exclama Alfred-le-vieux. Les freins patinaient dans le vide ! Il est passé d'vant nous comme une flèche, viouuu !, et pis il a foncé droit vers la boucherie. J'vous dis pas la catastrophe ! J'ai vu le boucher se jeter à plat ventre sur le côté, quand Eugène est entré dans sa boutique. Je sais pas comment il a fait son compte, mais il a réussi à viser la porte qui était ouverte. Ensuite, il a enfoncé le comptoir et il a terminé contre la porte de la chambre froide. Vous auriez vu ça ! Y avait du bordel partout ! Not' sacré Gégène était sonné ! Une chance que le magasin était quasi vide à c'moment-là.

Odette pleurait, Agnès aussi. Alfréd trouvait que la scène racontée par son papi était nettement plus drôle qu'en vrai.

— Allez, dit Agnès en essuyant ses larmes, j'ressers qui ?

Elle remarqua alors l'assiette encore pleine d'Alfréd :

— Ben, tu manges pas tes patasses, mon gars ? Même qu'elles sont trop cuites, c'est pas ça qui va t'boucher le derrière.

— En vrai dire, je… je n'ai pas trop faim, bredouilla-t-il en rougissant. J'ai pris un gros petit déjeuner.

C'était faux. Il avait mangé un seul pain au chocolat (au lieu de trois) et s'était privé de baguette au Nutella. Son ventre gargouillait depuis onze heures.

Il avait pris la résolution d'être plus strict avec son régime. Le mois d'août était déjà très avancé. S'il voulait être présentable pour la rentrée, il fallait qu'il s'y mette pour de bon. Il avait découvert à regret que les patates étaient dans la catégorie des aliments interdits. Pareil pour le pain. Côté bonbons, il ne s'accordait plus que la dégustation de petits pois tout verts qui avaient un goût d'anis. Il croisa les doigts sous la table pour qu'on ne l'interroge pas. Il sentait que ça démangeait sa tante et son papi. Heureusement, Agnès était déjà passée à autre chose. C'était pratique, parfois, d'avoir une mère qui ne faisait pas trop attention. Tout en débarrassant, elle demanda à Alfred-le-vieux s'il savait pourquoi Henri était dans le coin. Ça faisait plusieurs fois qu'elle le croisait dans le bourg.

— Y divorce, répondit son père.

— Ah bon ? s'exclama Odette en s'étranglant à moitié. T'es sûr ?

— Pour sûr, qu'j'suis sûr, répliqua Alfred-le-vieux. C'est Titi lui-même qui m'l'a dit ! Bon, j'suis pas censé en causer, mais vous, c'est pas pareil, hein ?

Alfréd zieuta son papi de travers. Il l'avait surpris en train de parler de ça à Bébert, l'autre jour, et aussi à Marcellin et Félicien. Ce n'était plus vraiment un secret.

— J'croyais qu'il avait une femme parfaite, une baraque énorme et un boulot génial ? demanda Odette.

— Comme dans tes romances ? se moqua son père.

Elle lui donna une tape sur l'épaule.

— Tu l'as ty r'trouvé ton bouquin, au fait ? demanda-t-il à sa fille.

Le gamin commença à suer. Le fameux livre avec l'homme en chemise transparente sur la couverture était caché sous son matelas. Depuis qu'il était tombé sur un passage un peu… gênant, il avait décidé d'en rester là. Il faudrait qu'il le remette vite fait sur la table de chevet de sa tante, avant que quelqu'un ne le trouve dans ses affaires. Heureusement que sa mère ne faisait pas souvent le ménage dans sa chambre. En fait, elle ne faisait pas le ménage tout court. Elle disait qu'elle était plus une femme « d'extérieur ». Mais vu l'état du jardin, c'était pas gagné…

Le repas terminé, chacun partit vaquer à ses occupations (c'est-à-dire une bonne sieste). Il faisait au moins trente degrés, impossible pour Alfréd de s'assoupir, et puis ses cheveux lui tenaient chaud, il en avait trop. Quand il était allé jouer chez les jumeaux l'autre après-midi, leur mère lui avait dit avant qu'il parte :

— Faudra t'occuper de ta tignasse pour la rentrée, mon grand ! Ta touffe, là, c'est pas possib'. Passe don me voir au salon. Si t'es sage, ta mère aura l'droit à une ristourne.

Il n'était jamais allé chez le coiffeur de sa vie. C'est Agnès qui lui coupait les cheveux avec des ciseaux de cuisine, de temps en temps. Comme elle n'avait pas le compas dans l'œil, c'était rarement réussi. Le gamin essayait de rattraper les ravages à renfort d'eau tiède, mais ça ne tenait pas longtemps. Il n'était pas question de se plaindre car sa mère le prenait mal. S'il voulait la convaincre de l'emmener chez la coiffeuse, il devait élaborer un plan. Avec l'appui de tata Odette, ça serait mieux. Il n'utiliserait l'argument de la ristourne que si c'était nécessaire car, ce n'était un secret pour personne, Agnès sautait sur tout ce qui était gratuit. Ça faisait honte au gosse. Une fois, à la récré, Jean-Pierre Poilvert les avait traités de « pauvres », lui et sa mère. Il avait eu envie de disparaître dans un trou pour toujours. Peut-être que s'il avait eu un père, il aurait su se défendre…

Alfréd secoua la tête. Ça ne l'aiderait pas de penser à lui maintenant. Et puis zut ! Jean-Pierre Poilvert n'avait qu'à se faire cuire un œuf ! Quand il le verrait arriver à la rentrée avec sa nouvelle coupe, il serait aussi soufflé que les autres. Le gosse sourit en s'imaginant la surprise de Mlle Annie. Elle le trouverait sensas ! Ne restait plus qu'à décider s'il préférait une raie à droite ou à gauche.

***

Le vieux Guézennec, lui, avait passé l'arme à gauche. Vu qu'il dormait tout le temps, sa famille ne s'en était pas rendu compte aussitôt. C'est leur vieux berger allemand qui leur avait mis la puce à l'oreille. Accroché à un pieu au milieu de la cour, il s'était mis à hurler comme un loup à la lune. Ils avaient eu beau lui jeter tout ce qui leur tombait sous la main, le cabot ne s'était pas tu. Au bout d'un moment, ils avaient dû se rendre à l'évidence : y avait un mort chez eux.

Comme tous les habitants du coin, Alfred-le-vieux avait prévu de se rendre à la veillée mortuaire. Eugène devait passer le prendre en mobylette dans l'après-midi. Quand son ami arriva, Alfred trouva qu'il avait une drôle de touche. Peut-être à cause de sa veste trop juste qui lui donnait l'allure d'une brioche à l'étroit dans son moule. Alfred portait quant à lui son complet noir (acheté pour l'enterrement de Madeleine, vingt ans plus tôt) avec ses baskets blanches. Ça jurait un peu, mais il allait pas au défilé. Ils se serrèrent la main solennellement, pas de blague les jours de deuil. Alfred proposa un p'tit verre de blanc bien frais à Eugène avant de partir. Comme il valait mieux éviter les bourdes sur place, il en profita pour faire deux, trois recommandations à son ami : il devait parler à voix basse en présence du mort, éviter les anecdotes et s'en tenir au strict nécessaire si on lui posait une question. En gros, il lui demanda de se la fermer une fois là-bas. Eugène se contenta d'acquiescer en sirotant son verre. Il avait encore la face boursouflée par endroits depuis son accident de vélo. Son cocard avait quand même dégonflé. Il était devenu violet-jaune. Le pauvre, il s'était pas loupé ! Heureusement que son énorme carcasse était capable d'encaisser les chocs. Maintenant il devait rembourser le boucher. Il n'avait pas reparlé de la femme du notaire depuis. Possible que tout ça l'ait refroidi…

Ils se mirent en route en plein cagnard, Alfred accroché à la taille d'Eugène pour ne pas *verser* dans les virages. À l'arrivée, ils suaient comme des veaux. Ils durent laisser la mob' à l'extérieur de la cour, car le berger allemand des Guézennec leur barrait le passage en montrant les crocs. Il s'en fallut de peu pour qu'il ne boulotte leurs pneus et leurs groles avec ! Ils réussirent à atteindre la porte d'entrée en prenant la cour par les extérieurs. On les fit entrer dans la pièce commune. Il faisait sombre là-dedans et ça sentait l'humidité. Toute la famille était là. Avec leurs mines d'enterrement, ils se ressemblaient encore plus que d'habitude. L'aïeul du clan reposait sur un lit haut, dans un coin de la pièce. Alfred l'avait toujours connu allongé là, immobile sous les draps, les bras le long du corps…

— Ça change pas tellement de d'habitude, déclara Eugène tout haut.

— Chuuut ! gronda Alfred.

Une Guézennec – la mère, la tante ou peut-être la fille ? – s'approcha d'eux et leur offrit à boire.

— Il est ben conservé, dit Alfred pour amorcer la conversation.

— Oui, il est beau, approuva-t-elle.

— Et dire qu'les vers ont déjà commencé à l'manger ! dit Eugène d'un air compatissant.

Alfred lui balança un coup de coude dans les côtes et jeta un regard alentour. Personne ne semblait l'avoir entendu.

— Y va nous manquer, renifla la femme.

— Oooh oui ! Ma mère me manque aussi, renchérit Eugène. La pauv'. Elle est v'nue mourir aux pieds d'mes bras…

— En tout cas, y s'ra bien à Gatichet, le coupa Alfred.

Gatichet, c'était le nom du cimetière. Tout un coin était réservé aux Guézennec, tellement il y avait de morts dans leur famille.

— C'est moche qu'y soille parti, déplora Eugène, mais au moins, y s'ra pas tout seul dans son trou, y s'tiendront chaud entre eux !

On ne les retint pas longtemps. En sortant, Eugène confia à Alfred qu'il les avait trouvés un peu froids, quand même. Alfred préféra ne pas poursuivre cette conversation. Parfois, ils n'étaient pas du même avis. Question de point de vue.

***

Y a des jours où j'préférerais être à Gatichet ! Au moins, j'serais peinard. La famille et les copains viendraient sur ma tombe raconter du bien d'moi à la Toussaint et ils me foutraient la paix le reste de l'année. Ça m'changerait de leurs prises de bec ! Marthe et Tophile sont encore arrivés en s'engueulant ce matin. La journée commence en beauté, tiens ! Ils sont dans l'arrière-cuisine à régler leurs comptes et on les entend d'ici. Jamais d'accord sur rien. C'est ça, de marier deux têtes de mule. Tiens, y a quelqu'un qui pousse la porte du bar. Ça alors ! C'est Henri ! Qu'est-ce qu'il fait là si tôt ? Même Didile est pas à sa table ! Depuis qu'Henri est rev'nu au bercail, on l'a pas encore vu ici... Ah ben, j'comprends mieux pourquoi. Il a une de ces tronches ! Pas rasé, pas dormi, ça sent la déprime à plein nez. Allez, assieds-toi don au comptoir. Les patrons vont pas tarder. Les v'là justement. Ils continuent de se crier d'ssus. Ils vont êt' surpris de t'voir ! Ah ben, qu'est-ce que j'disais ! Ça les a calmés, direct. R'gardez-moi ça, Marthe a pris son air de je-compatis-mais-je-vais-pas-tarder-à-te-cuisiner et Tophile a sorti la trouspignôle. Quelques verres, et tu devrais te détendre, mon gars...

Ah, la veuve Tricot arrive ! Ouh là là, ma grande, fais gaffe où tu mets tes pieds, ça s'rait dommage de te vautrer dès maintenant ! Elle salue Tophile, Marthe, on sait pas trop, et pis elle va à sa table. J'y crois pas, elle a même pas vu Henri !

— Salut Roger, elle me dit en passant, l'a une sale gueule, le gars de Titi.

Sacrée Didile ! Les épaules d'Henri se sont déjà relâchées, la trouspignôle fait son effet. Marthe commence à le bassiner et Henri se met à causer. Tophile supporte pas le côté commère de sa femme, c'est vrai qu'elle a les dents bien pendues. Il ouvre la trappe au sol, près de ma niche, et descend dans la cave. Il est de moins en moins causant, j'trouve.

— ... et elle est partie avec mon associé, raconte Henri. Tu t'rends compte, Marthe ? Mon associé ! Y a de quoi être dégoûté d'la vie. Si y avait pas les enfants, j'l'aurais virée de la maison et pis j'me s'rais pendu juste après. Mais c'est plus compliqué que ça, tu comprends...

Le pauv' gars fait peine à voir.

La porte du bistrot s'ouvre en grand. Ma parole, c'est un vrai moulin ici, ce matin ! C'est Odette. Elle passe souvent en rentrant de sa garde de nuit. Elle a toujours un mot gentil pour chacun.

— Salut la compagnie ! Je...

Elle s'arrête net en voyant Henri.

— Bonjour Odette, il dit. Il paraît que tu es revenue vivre au Camboudin depuis six mois ? Faut croire que c'est contagieux. Moi aussi, j'suis de retour chez mes vieux. Va falloir qu'on se serre les coudes.

Quand ils étaient gamins, ces deux-là pouvaient pas se piffer.

***

Chapitre 6

« C'est pour une fille, qu'tu veux t'faire beau ? »

Plus que quelques jours avant la rentrée des classes ! Alfréd ne tenait plus en place. Finalement, l'été n'avait pas été si long que ça. Il ne s'était ennuyé qu'au début – quand il ne savait pas encore que Mlle Annie reviendrait à la rentrée – et puis après, tout était allé très vite. Il y avait eu les tournois de belote avec les copains et les parties de pêche au bord de l'Affreuse (il n'avait pas attrapé un seul poisson. Par contre, il avait trouvé un guidon peint en rouge qui ressemblait étrangement à celui du vélo d'Eugène). Il avait beaucoup joué avec Biscotte et travaillé dur avec son grand-père pour rénover le clapier. Le résultat était plus que satisfaisant. Maintenant, les lapins vivaient dans un palace, « mieux qu'à Saint-Trop' », c'est tata Odette qui l'avait dit. Pour se remettre de ses émotions, il s'était accordé quelques après-midi de *feignasse* avec sa tante. Ils s'allongeaient au fond du jardin, à l'ombre du grand marronnier, et essayaient de compter les feuilles. Le premier qui s'endormait avait perdu – en général, il gagnait. Sa lecture du dictionnaire avait bien avancé, son régime, moins. Il avait l'intention de s'y mettre sans faute à la rentrée. Il avait passé pas mal de temps à rêvasser sur son lit, en mangeant des bonbons à l'anis. Mais c'était aussi fait pour ça, les vacances.

Et puis, la semaine dernière – ô miracle ! – il avait convaincu sa mère de l'emmener chez le coiffeur. En vérité, c'était plutôt tata Odette qui avait fait le boulot. Ils étaient à arracher des mauvaises herbes au potager, en plein soleil, quand elle lui avait demandé : « Tu cuis pas trop sous ta touffe de cheveux ? » Il avait sauté sur l'occasion pour lui parler de son projet de coiffeur. Évidemment, il n'avait pas dit que c'était pour *plaire* à la maîtresse. Il avait improvisé une excuse, comme quoi, le CM2 ça rigolait pas, qu'il fallait paraître plus sérieux et tout et tout. Sa tante avait trouvé l'idée excellente. Ils étaient aussitôt allés en parler à Agnès qui somnolait devant sa télé. Tata Odette lui avait annoncé qu'elle avait l'intention d'offrir une coupe à son neveu préféré pour la rentrée et qu'elle l'accompagnerait. La réaction d'Agnès avait laissé Alfréd indécis :

— T'aimes pas quand c'est moi qui te les coupe, mon p'tit boudin ? elle avait demandé.

Et comme il essayait de lui expliquer que ça serait sans doute mieux fait par une professionnelle, elle l'avait interrompu :

— Quand c'est qu'tu veux y aller ? Le samedi d'avant la rentrée ?

Il avait répondu que oui.

— Marché conclu, elle avait dit.

Et, alors qu'ils sortaient, elle avait lancé :

— Pas besoin de t'déranger, Odette. J'irai avec lui.

On était samedi. Le gamin ne tenait plus en place. La veille au soir, il avait fait une prière à la Sainte-Marie-mère-de-Dieu pour que sa mère ne change pas d'avis au dernier moment. Mais elle n'avait pas oublié. Rendez-vous pris pour quatorze heures.

Ils arrivèrent très en avance au salon. Il y avait déjà deux dames, une qui était toute rouge, sous un casque chauffant et une autre avec les cheveux courts. Le salon était enfumé, la coiffeuse était comme sa mère, elle ne pouvait pas se passer de ses cigarettes. Elle claqua quatre bises sur les joues d'Agnès, qui fit la grimace parce qu'elle n'aimait pas trop qu'on la touche, puis elle se tourna vers le gamin :

— Alors, c'est l'grand jour ? Ta première chez l'coiffeur, hein ! C'est pour une fille, qu'tu veux t'faire beau ?

Alfréd rougit jusqu'aux oreilles.

— Tiens, dit Agnès en sortant de son sac un Tupperware.

Il y avait une part de tarte dedans. La coiffeuse était aux anges. Elle écrasa sa clope sur le comptoir et en avala aussitôt une bouchée :

— Mmmh ! C'en est *une* ! s'exclama-t-elle.

— Une *quoi* ? demanda Alfréd.

— Ben, *une délice*, quelle question ! dit la coiffeuse en lui pinçant la joue.

Elle les fit asseoir et chuchota :

— Bon, j'm'occupe vite fait de Madame, ça s'ra pas long, elle a pas d'cheveux, pis je sortirai l'autre de sous la lampe, sinon elle s'ra bonne à farcir !

— Alors chère Madame, on fait comme d'habituuude ? demanda la coiffeuse en s'approchant de la dame aux cheveux courts.

— Oui. Et surtout rasez-moi bien *l'anus*, précisa la cliente en montrant sa nuque.

La coiffeuse pouffa :

— J'descends rarement jusque-là !

Alfréd regarda sa mère avec de grands yeux, mais Agnès s'était plongée dans la lecture d'un roman-photo de *Femmes d'aujourd'hui*. Il faisait une chaleur de tous les diables. Le gamin suait dans son maillot de corps, il était tendu. Des bribes de la conversation lui parvenaient :

— Toutes mes condoléances pour vot' papa, disait la coiffeuse à la cliente, c'est triste de finir comme ça.

— Auf, fallait qu'ça arrive, répondit l'autre. Vous l'croirez si vous voulez, mais quand vous m'avez coupé les cheveux la dernière fois, eh ben, ça faisait déjà six heures que mon père était en pendant dans son cellier !

La coiffeuse lui fit signe de se taire en montrant Alfréd, mais il avait entendu.

— C'était pas sa première tentative pour se pendre, continua la cliente sans faire attention. Au moins, y s'est pas foiré c'coup-ci.

— Ça, c'est sûr ! Il est pas prêt d'réessayer, dit Agnès sans interrompre sa lecture.

La dame sous le casque se plaignit qu'elle avait chaud. La coiffeuse se précipita pour la sortir de sous la lampe. Il y avait comme une odeur de poil grillé.

Puis ce fut au tour d'Alfréd. La coiffeuse s'alluma une cigarette avant de s'attaquer à sa tignasse. Il aurait aimé qu'elle lui demande ce qu'il voulait – il avait découpé une photo de Claude François dans un numéro de *Salut les copains !* mais n'osa pas la sortir de sa poche et dut se plier aux recommandations de sa mère :

— Tu fais court partout, qu'on soille tranquille pour un moment. On va pas débourser un salaire tous les mois, pour ça !

La coiffeuse fit une mimique vexée.

— C'est pas cont' toi, hein, ajouta Agnès. Mais tu comprends bien qu'j'ai pas les finances de *Roshild*.

Alfréd avait le cœur qui battait très fort, quand la coiffeuse se pencha au-dessus de lui. En fait, il avait peur de se faire brûler par la cigarette qui pendait entre ses lèvres. Alors, à chaque coup de ciseaux, il rentrait la tête entre les épaules.

— Arrête don de bouger comme ça, mon gars, tu vas finir avec des trous partout !

Ce ne fut pas vraiment une partie de plaisir. À la fin, Agnès s'exclama :

— T'es beau comme un camion neuf, mon p'tit saucisson !

Ce n'était pas le compliment qu'il attendait. Mais quand il se découvrit dans le miroir, sa poitrine se gonfla de fierté : il avait l'air d'un homme, un vrai.

***

Alfred-le-vieux se mordit les joues pour ne pas rire. Mais les larmes lui montèrent aux yeux. Il ravala sa salive et renifla un coup. *Allez, mon vieux*, s'encouragea-t-il, *ne ris pas. Pas devant lui !*

— Bonjour Joson, dit-il en s'approchant de son copain. Ben alors, qu'est-ce que tu fais, habillé comme ça ?

— J'vais chez ma mère, répondit l'autre de sa petite voix aiguë.

Joson avait quatre-vingt-six ans. Il se tenait en plein soleil, sur le chemin du Camboudin, juste devant chez Alfred. Il avait enfilé un caleçon fleuri trop grand sur son pantalon. Vu qu'il était court sur pattes, le caleçon lui descendait en dessous des genoux. À ses pieds, il y avait une valise et, sur son épaule, le sac à main d'Ernestine.

— Tu veux pas faire une pause, avant de continuer ? demanda Alfred.

— Pas le temps. Faut que j'm'en vais ! protesta l'autre.

Il jeta un regard méfiant autour de lui puis ajouta plus bas :

— Ma femme a un amant.

— Quoi, Ernestine ? Un amant ?

— Chuuut ! rouspéta Joson, pas si fort ! J'suis cocu, c'est pour ça que j'm'en retourne voir ma mère… Tiens, r'garde, j'l'y apporte un p'tit quéque chose.

Joson ouvrit le sac de sa femme : il y avait un camembert entier fourré à l'intérieur.

— Pouah ! s'exclama Alfred en reculant, ça fouette, ton truc !

Il prit le père Corrigou par le bras et le conduisit vers sa maison, suivi de Biscotte qui reniflait le sac à main avec beaucoup d'intérêt. Il devait le ramener sans tarder à Ernestine, sinon elle risquait de s'inquiéter. Il était dix heures trente, ça lui laissait le temps de remettre Joson en état de marche puis de le raccompagner avant le traditionnel repas dominical chez Agnès.

Il n'eut pas à se donner cette peine, Ernestine se garait déjà dans la cour.

— Ah ! s'exclama-t-elle en voyant son mari, j'espérais bien t'trouver ici !

La blouse à gros pois blancs qu'elle portait ne la mettait pas à son avantage. Mais on pouvait pas lui en vouloir, vu les circonstances. Sans transition, elle expliqua à Alfred que son mari était persuadé que leur fils aîné, de visite chez eux en ce moment, était son amant (c'est à lui qu'appartenait le caleçon fleuri). Du coup, Joson passait ses journées planqué derrière les portes pour les surveiller. C'était devenu infernal au bercail ! Elle refusa de rester pour boire un verre, elle avait du boulot à la ferme. Ça arrangea Alfred qui n'avait pas envie de l'écouter se plaindre pendant une heure.

— Merci, Alfred, répéta-t-elle pour la énième fois en quittant la ferme. L'père Corrigou est complètement *indiscipé* en c'moment, j'sais pu quoi faire de lui ! Si t'as du temps à tuer, viens lui tenir compagnie !

— Oui, don ! À la revoyure ! cria-t-il en direction de l'auto qui s'éloignait.

Quelqu'un déposa un baiser sur sa joue.

— Bonjour papa, dit Odette. Tu m'excuseras, hein, j'ai attendu que les Corrigou s'en aillent pour sortir de ma chambre.

Elle réchauffa du café. Alfred la trouva changée. Elle avait encore des poches sous les yeux, mais elles lui allaient mieux. Ils burent chacun leur tasse, puis sa fille passa dans la salle d'eau. En l'attendant, le vieux s'assit sur le banc dehors, sous le rosier. Biscotte vint poser sa tête sur ses genoux. Il aimait bien ces moments de tranquillité : les siens étaient à l'abri, la vie était douce, la peau croustillante d'un poulet finissait de dorer dans la maison d'en face… Il se prit à souhaiter que le temps s'arrête…

Il dut s'assoupir, car Odette vint le réveiller à grands cris :

— Ben, qu'est-ce tu fous, papa ? Faut s'bouger d'là ! Midi a fini de sonner au clocher, on est en retard !

La fenêtre de la cuisine d'Agnès était ouverte, on l'entendait mettre le couvert en cognant les assiettes. La ponctualité aux repas, c'était sa seule exigence dans la vie. Fallait pas déconner avec ça.

— C'est pas trop tôt ! râla-t-elle quand ils entrèrent.

Ils passèrent directement à table.

— Où est Alfréd ? s'étonna Odette en découvrant la chaise vide du gamin.

— J'l'ai pas vu c'matin ! répondit sa sœur en se dirigeant vers le bas des escaliers… Alfrééééééd ! gueula-t-elle. Papi et tata sont là !

— Alors, c'était comment chez le coiffeur ? lui demanda Odette quand ils furent assis.

— Chez le coiffeur ? répéta Alfred-le-vieux.

— Ah bah, j't'ai pas dit ? Agnès a emmené son fiston chez le coupe-tifs.

Alfred resta sans voix. Certaines choses changeaient.

Quelques minutes plus tard, Agnès posait le poulet entouré de ses patates sur la table. La peau était légèrement noircie par endroits. S'il ne s'était pas endormi sur son banc tout à l'heure, ça ne serait pas arrivé. On entendit le gamin descendre les escaliers. Quand il apparut sur le pas de la porte, le vieux poussa un sifflement :

— T'es don bien beau, comme ça !

Il était soufflé. Quel changement ! Son p'tit gars avait l'air d'un jeune homme. On aurait dit qu'il avait grandi d'un coup dans la nuit ! Ça lui fit tout bizarre. Alors qu'Odette complimentait Alfréd et qu'Agnès leur racontait comment la coiffeuse avait cramé les cheveux d'une cliente, le vieux observa le gosse plus attentivement. Quelque chose n'allait pas : le p'tit ne bougeait pas la tête. Il la gardait penchée sur le côté, comme si elle était coincée.

— Ben, qu'est-ce t'as, mon gars ? lui glissa-t-il lorsqu'il prit place à côté de lui.

— Rien, rien, papi, chuchota celui-ci. Ça ira mieux demain.

***

On était demain et ça n'allait pas mieux du tout ! Alfréd s'apprêtait à partir pour l'école et il avait toujours aussi mal. Quelle poisse ! Pour ne pas abîmer sa nouvelle coupe, il avait pris soin de dormir la tête bien sur le côté. Tellement, qu'il s'était réveillé avec un gros torticolis le jour suivant. Impossible de tourner le cou. Le gamin était inquiet : que diraient ses camarades de classe ? Et Mlle Le Tartonnec ? Sa mère ne pouvait pas l'emmener à l'école, elle bossait chez Ker Viande, du coup, c'est son papi qui avait proposé de le déposer en tracteur. Ça ne l'arrangeait pas trop, mais il lui demanderait de s'arrêter *avant* d'arriver au portail. Ils enfermèrent Biscotte qui faisait tout un foin pour les accompagner puis se mirent en route. Sur le chemin, son grand-père commença à lui poser des questions par-dessus le bruit du moteur. Est-ce qu'il était content de retrouver ses copains ? Il avait pensé à prendre sa trousse ? sa règle ? ses cahiers ? Le gamin n'arrivait pas à suivre le rythme.

— J'crois qu'j'suis un peu nerveux, lâcha-t-il.

— Ah ! Ben, ça tombe bien qu't'en parles, fiston… Justement, j'voulais t'dire…

Son papi gara le tracteur sur le bas-côté puis coupa le contact.

— Ton institutrice, ta Mlle Annie, là… elle est nettement plus vieille que toi.

— Oui, et alors ?

— Ben… t'as pas pensé qu'elle pouvait êt' prise ?

— Comment ça ?

— Mignonne comme elle est, elle doit avoir un galant…

— Un galant ?

— Un amoureux, un p'tit ami, un mari, qu'est-ce que j'en sais, moi ! Quelqu'un dans sa vie !

Alfréd ne voyait pas pourquoi son grand-père s'énervait, et encore moins pourquoi il lui parlait de ça maintenant.

— Bien sûr que non, elle a pas de mari ! répondit-il. J'ai vérifié : elle porte pas de bague.

Alfred-le-vieux ouvrit la bouche, mais rien n'en sortit. Le gamin en profita pour descendre du tracteur :

— J'vais finir à pied, vénérable papi, d'accord ? Allez, à ce soir ! Et t'en fais pas pour moi. J'vais m'débrouiller !

Alfréd faisait moins le malin en passant le portail de l'école. Il retrouva les jumeaux et Patrick qui se racontaient leurs vacances.

— Salut Alfréd ! Chouette, ta nouvelle coupe ! s'exclama Brieuc.

— Maman nous a dit que t'étais venu au salon pour être beau à la rentrée, renchérit Glenn.

Le gamin rougit.

— Ben, alors, p'tit goret ! cria une voix connue dans son dos. Pourquoi que tu t'tiens avec la tête de traviole ? Pour faire plus encore plus gogol que d'habitude ?

Alfréd serra les poings sans se retourner. Avec tout ça, il en avait presque oublié Jean-Pierre Poilvert. Il chercha une réplique, qui ne voulait pas venir, quand la cloche sonna la fin de la récré. Ils allèrent tous se ranger sous le préau. Le cœur d'Alfréd se mit à battre très fort : Mlle Le Tartonnec venait à leur rencontre. Elle était encore plus jolie que dans son souvenir : ses boucles étaient toutes dorées et elle avait des taches de rousseur sur le haut du nez. Elle leur souhaita la bienvenue et les invita à entrer dans la classe. Le gamin était fier : cette année, il appartenait à la brigade des CM2. Ses copains lui avaient réservé une place au fond, mais il choisit une table juste devant, entre Brigitte et Chantal, les deux fayotes de la classe. La maîtresse fit l'appel. Quand arriva son tour, Alfréd leva le doigt bien haut. Mlle Le Tartonnec lui adressa un signe de tête et poursuivit. Le bras du gamin retomba tout mou : elle n'avait pas remarqué sa nouvelle coupe de cheveux ! Pas un commentaire, rien.

Le reste de la journée se déroula normalement. Alfréd était déçu. Il s'attendait… Il s'attendait à quoi au juste ? Lui-même ne savait pas trop. Il recopia tout ce que disait la maîtresse en s'appliquant. Elle leur apprit qu'ils auraient un programme chargé, surtout en mathématiques, ce qui ne l'enchanta pas. Il préférait le français. Quand il fut cinq heures, ses camarades rangèrent leurs affaires et filèrent sans demander leur reste. Alfréd refermait son cartable sans entrain, quand une voix toute proche lui dit :

— Alors, tu as écrit cet été ?

Il se releva d'un coup. Aïe ! Son torticolis ! Mlle Le Tartonnec était juste devant lui.

— Euh… écrire ? bredouilla-t-il. Oui, un peu.

Mlle Annie sourit. Ça lui faisait de petits creux dans les joues.

***

Il est net beau, comme ça, le p'tiot ! J'ai failli pas l'reconnaître quand il est rentré tout à l'heure. La coiffeuse a fait du bon boulot, il est impeccable. Alfréd est en grande forme. Aujourd'hui, c'est tournoi de belote. Il fait équipe avec son papi. Pour l'instant, ils ont tout raflé. Ah, ces deux-là, j'vous jure, ils font la paire !

— À boire ou j'tue l'chien !

C'est Eugène qui gueule. Il a raison, l'animal, tous les verres sont vides ! Où est passé Tophile ? C'est pas vrai, il a encore disparu ! Il file un mauvais coton, c'est moi qui vous l'dis. J'le connais par cœur, j'vois bien qu'y a un truc qui l'chiffonne... Ah ben, il remonte d'la cave.

— Les gars, faut qu'j'vous parle, il dit.

Ses yeux sont pas comme d'habitude. Y a un truc qui cloche.

— C'est à propos d'Roger.

De moi ?

— Cette année on fera pas un anniversaire pour les quarante ans de sa mort, mais une commémoration.

Une... quoi ?

— Quelqu'un sait c'que ça veut dire ? il demande.

Silence. Un petit doigt se lève :

— Moi je sais, Tophile, dit le gamin. Je l'ai lu dans mon Petit Robert *à la lettre « C ». Ça signifie qu'on va faire honneur au souvenir de quelqu'un qu'est mort.*

— Exactement, mon gars, merci ! C'est compris, vous autres ? Pas d'chansons paillardes, pas d'beuverie. Des discours pour ceux qui veulent et puis un accompagnement musical de circonstance. J'ai demandé à Prosper de s'en charger.

Murmures dans la salle.

Prosper ? Mais qu'est-ce qui t'prend, mon Tophile ? T'es tombé sur la tête ou quoi ? Depuis quand qu'on fête plus mon anniversaire ?

***

Chapitre 7

Noces d'or au compteur et zéro embrouille au tableau

— J'ai hâte à l'anniversaire de Roger ! dit le gamin.

— J'ai hâte que ça *soille* l'anniversaire de Roger, le reprit Eugène. D'ailleurs, mon bonhomme, c'est pas un anniversaire mais une *commémoration*. Y en a un qu'est festif, l'autre, pas. Moi, j'aurais préféré le premier. Seulement, on a pas not' mot à dire, si j'ai tout compris comme y faut.

Alfred-le-vieux et les copains acquiescèrent. Pour une fois, Eugène avait plutôt bien résumé la situation. Ils étaient réunis dans le verger de Titi et Nini pour la fête de la pomme. Chaque année, début octobre, ils s'y retrouvaient pour la récolte. Alfred aimait bien cette tradition. Cochonnaille grillée, cidre maison et pique-nique de saison. Ça lui rappelait sa jeunesse, quand ils travaillaient aux champs pour aider leurs parents. À présent, ils étaient moins vigoureux, mais ils rigolaient toujours autant. Toute la bande (à part Tophile et Marthe, qui étaient de baptême) avait répondu à l'appel. Odette et le gamin étaient venus prêter main forte et il y avait aussi Henri, qui s'occupait du barbecue.

Les copains se faisaient du souci pour Tophile : où était-il allé pêcher cette idée de commémoration ? Ça ne lui ressemblait pas. On savait qu'il avait le bourdon à l'approche de la date fatidique, mais on l'avait rarement vu aussi abattu. Il en fallait beaucoup pour venir à bout d'un champion de sa trempe… En même temps, perdre un frère, c'était terrible. On évitait d'aborder la manière dont Roger était parti. Peut-être parce que c'était trop triste. Ou trop bête. Ça aurait pu arriver à n'importe lequel d'entre eux.

Roger était mort un soir de beuverie. Il s'était noyé dans l'étang en rentrant du bal, tout seul, sous la lune. C'est Nini qui l'avait entendu tomber dans l'eau. Elle rentrait, elle aussi. Elle avait couru prévenir la gendarmerie, mais le temps que les secours arrivent sur place, le pauv' gars était mort depuis longtemps. Tout le monde appréciait Roger. C'était un type gentil, marrant avec ça.

— Vous vous rappelez, quand Roger est allé à confesse ? demanda Marcellin.

— Et comment ! s'exclama Alfred.

Roger avait dû se rendre à confesse, sous la menace de son paternel, qui avait découvert qu'il faisait l'église buissonnière. Une fois à genoux dans le confessionnal, prêt à avouer ses péchés, il s'était fait interrompre par le prêtre :

— Roger, c'est toi ?

— Euh… oui, pourquoi ?

— Arrête don tes conneries ! Va plutôt au bistrot et commande-nous deux muscadets, j'arrive !

Roger s'était levé et avait déguerpi en direction du bistrot. On l'avait plus jamais revu à confesse !

— C'curé-là pardonnait facilement les fautes, pour peu qu'on lui paye un coup après ! s'esclaffa Bébert.

Sa femme lui lança un regard noir.

— Enfin, c'est c'qu'on m'a dit, hein…, bredouilla-t-il.

— À table ! appela Victoire.

Les femmes avaient étendu des grandes nappes sous les pommiers. Les ventres gargouillaient, personne ne se fit prier. Pendant qu'on faisait passer les saladiers, Félicien raconta comment, par une nuit de tempête, il avait plongé dans l'Affreuse déchaînée pour sauver une portée de chatons partis à la dérive. Alfred s'apprêtait à répliquer qu'on avait pied partout dans l'Affreuse, quand son petit-fils lui tendit un plat de viande grillée. Le gamin venait de se servir : il avait pris quatre saucisses, trois côtes d'agneau et un morceau de porc. Ça tenait même pas dans son assiette.

— Tu vas pas manger tout ça, mon gars !

— Si, si, papi, j'vais y arriver ! C'est bon pour les muscles. Tu devrais faire pareil, lui glissa-t-il en baissant la voix. Tout ça, c'est une question de volonté.

Le vieux fronça les sourcils. Qu'est-ce que c'était encore que cette nouvelle idée ? Le p'tit avait bien poussé depuis la rentrée des classes, mais c'était pas une raison pour se gaver de barbaque ! Apparemment, ça roulait à l'école. Le gamin avait déjà ramené un dix sur dix en dictée. Il n'avait pas reparlé de son institutrice, pourtant Alfred avait comme l'impression que cette histoire était loin d'être finie… Il prit une saucisse et passa le plat à Victoire. Elle avait annulé deux après-midi thé, la semaine dernière. Depuis le loto, il la trouvait distante. Il était grand temps qu'ils aient une vraie discussion.

À l'autre bout de la nappe, le ton monta au sujet de Prosper, invité à jouer de la clarinette pour la commémoration. Les langues étaient en train de s'échauffer quand Victoire prit la parole. Elle dit que ça suffisait, maintenant. Que les vieilles rancœurs, c'était du passé et que si Tophile voulait que Prosper rende hommage à son frère, on devait respecter. Alfred resta interdit. Pourquoi défendait-elle cet abruti ?

— Moi j'l'aime bien, Prosper, intervint le gamin la bouche pleine. Il sent bon l'eau de Cologne et il met des costumes très chics.

Alfred faillit s'étouffer avec sa saucisse. Qu'est-ce qui leur prenait ?

— Le principal, c'est qu'il joue bien de la clarinette, non ? osa Nénette.

— Arrêtez d'lui trouver des excuses ! s'impatienta Titi. Les faits sont les faits ! Vous avez la mémoire qui flanche, ou j'dois vous rappeler que ce planqué de réformé est pas v'nu sur le front avec nous autres ? À c'que j'sais, il s'est bien arrangé d'la situation. Ça l'a pas gêné de s'occuper de nos bonnes femmes, pendant qu'on crevait de trouille dans les tranchées !

— Faut croire que l'gars a pas chômé, y avait un pays à repeupler ! approuva Marcellin.

— Comme tu dis, mon vieux ! poursuivit Titi. On l'tolère, c'est déjà bien chrétien de not' part, alors faut pas trop nous en d'mander !

Titi était tendu. C'était compliqué chez eux en ce moment. Henri montait à Saint-Ruffiac presque toutes les fins de semaine. Ça n'était pas du goût de son père, qui trouvait qu'il aurait dû rester dans son fief bordelais pour serrer la vis à sa femme.

— Mets d'l'eau dans ton huile, mon Titi, chuchota Nini qu'on n'entendait pas souvent parler. Victoire et Nénette ont raison, c'est pour Roger qu'on fait ça.

— De quoi j'me mêle ! se fâcha-t-il. On t'a pas d'mandé ton avis à toi !

Un silence de plomb s'abattit. On n'avait encore jamais vu Titi et Nini se disputer. C'était un comble : le couple le plus solide de tout le canton, élu roi et reine du potager cinq ans de suite (un record !) avec des noces d'or au compteur et zéro embrouille au tableau. Ça sentait l'orage à plein nez.

Quelqu'un éclata alors de rire derrière eux : c'était Odette. Elle se tenait devant le barbecue. Henri s'était fait une moustache avec une saucisse.

***

Western ! Tous les mardis, c'était soirée western à la télé. Il n'y avait pas école le lendemain, ça tombait bien. C'était le rendez-vous préféré d'Alfréd (avec « La Maison de toutou » et « Le Manège enchanté », mais ça, il ne s'en vantait pas trop, il commençait à être trop vieux). Depuis qu'il avait vu un cow-boy en vrai et en os lors d'un dîner-spectacle avec Agnès, le gamin avait décidé d'en faire son métier. Il s'imaginait déjà son entrée triomphale sur la piste, montant un cheval noir appelé Pépito avec un lasso à la main et des éperons sur ses bottes. Mlle Annie et ses camarades seraient dans le public. Ils pousseraient des « Oh ! » et des « Ah ! » d'admiration devant ses cascades. Il serait fort et n'aurait peur de rien. Peut-être qu'il ferait un signe à la maîtresse en passant, et les autres filles seraient jalouses. Thierry la Fronde n'aurait qu'à bien se tenir, le nouveau héros, ce serait lui !

Son ventre fit un bruit de chasse d'eau. Il posa un regard navré sur son plateau-télé : une carotte, trois merguez de chez Ker Viande et un yaourt sans sucre. Quelle galère ! Le régime, ça n'était décidément pas une partie de plaisir. Pour l'instant, il n'avait pas obtenu grand résultat. En même temps, il n'avait pas encore annoncé à Nénette que l'atelier pâtisserie, ce n'était plus possible. Depuis la rentrée, il y était allé tous les mercredis. Nénette se surpassait en préparation, et lui, en dégustation. Mais on était fin octobre et il était toujours aussi serré dans ses pantalons. Demain, il lui parlerait. Enfin, il essaierait…

Le téléphone sonna pile au moment où la speakerine annonçait le début du film. L'appareil flambant neuf était dans le couloir de l'entrée. S'il répondait, il risquait de louper le générique. Il décida de ne pas bouger. À la troisième sonnerie, il bondit pourtant de la banquette. Il avait eu le temps d'échafauder tout un tas de scénarios catastrophes : il y avait des cambrioleurs chez Mlle Annie et elle l'appelait au secours, les plombs avaient sauté dans l'appartement de la maîtresse et elle paniquait dans le noir…

— Allô ? Mademoiselle Annie ? dit-il en décrochant.

— Euh… Alfréd, c'est toi ? lui répondit une voix tremblante.

C'était Chantal, sa voisine de pupitre à l'école. Depuis qu'il s'était assis au premier rang entre les deux fayotes de la classe, elles le considéraient comme un des leurs. Sauf qu'il n'était pas d'accord. Maintenant qu'il avait décroché, il était coincé.

— Oui, c'est moi. Pourquoi tu m'appelles à cette heure-ci ?

— Ben, j'arrive pas à résoudre l'exercice de mathématiques et je voulais savoir si toi, tu avais réussi ?

Exercice de maths ? Mais tout le monde savait qu'il était nul en calcul ! C'était héréditaire, c'est sa mère qui le lui avait dit.

— J'ai pas encore fait mes devoirs et on a toute la journée de demain pour ça, répondit-il un peu sèchement.

Il allait raccrocher, quand il entendit un reniflement à l'autre bout du fil.

— Chantal ? T'es sûre que ça va ?

— Oui, oui, chuchota-t-elle.

— Pourquoi tu parles tout bas ? Y a un problème ?

— Non… C'est juste que… Je t'appelle en cachette.

En cachette ? Alfréd ne comprenait pas.

— Et sinon, tu fais quoi, là ? demanda-t-elle.

Une musique de western s'éleva dans le couloir.

— Ben, je vais regarder un film, pourquoi ?

— T'as d'la chance… T'es tout seul ?

— Oui, maman est d'usine ce soir.

— Ah, d'accord…

Qu'est-ce qu'elle lui voulait à la fin ?

— Bon, je vais raccrocher, Chantal. Ça va commencer.

— Ah… oui ! Bon, ben euh… Bonne soirée, Alfréd. On se voit jeudi, hein ?

Alfréd se retrouva comme un imbécile avec le combiné à la main. Vraiment bizarre, cette fille. Il retourna s'installer en vitesse devant la télé et croqua dans sa carotte.

Nénette s'agitait aux fourneaux. Quand elle était dans sa cuisine, ce n'était plus la même. Alfréd adorait la regarder travailler. Une délicieuse odeur de pommes caramélisées flottait dans la pièce. Alfréd se mordit les lèvres. Comment annoncer à Nénette que c'était leur dernier atelier ? Les mots commencèrent à s'entasser dans sa bouche.

— Ça y est, je crois qu'on est bon ! s'exclama-t-elle en ouvrant le four. Prépare-toi à manger le meilleur gâteau aux pommes de toute ma carrière !

Allez Alfréd, te dégonfle pas, dis-lui ! Au moment où son amie s'emparait des maniques, le gamin prit une grande inspiration :

— J'vais plus pouvoir venir. L'atelier, c'est fini.

Nénette faillit lâcher le moule brûlant.

— Comment ça, plus venir ?

— Ben… j'ai trop de travail. À l'école, j'veux dire.

Elle posa le plat sur la table et s'assit en face de lui. On ne voyait que sa tête et ses épaules dépasser.

— Ah bon ? Je croyais que tu avais des bonnes notes ? Tu as eu des ennuis ?

Le cœur d'Alfréd se serra.

— Non, non… C'est juste que le CM2, les devoirs, les interrogations surprises… Faut que j'soille plus sérieux.

Elle resta silencieuse un moment.

— C'est toi qu'as raison, mon gars, finit-elle par dire. L'école, c'est pu important qu'tout l'reste.

— Mais toi aussi, t'es importante ! T'es ma meilleure amie.

Elle allongea son bras à travers la toile cirée et tapota la main du gamin avec ses doigts tout tordus. Elle souriait, mais ses yeux étaient tristes. Il eut soudain envie de lui avouer que tout ça, c'était à cause de Mlle Annie. Qu'elle ne tomberait jamais amoureuse de lui s'il continuait à manger des gâteaux, parce que les filles préféraient les hommes musclés, comme celui sur la couverture de *Passion du désir*. Qu'il ne pouvait en parler à personne, parce qu'il avait peur qu'on se moque de lui, même à son vénérable papi, qu'il adorait pourtant. Au lieu de ça, il dit seulement :

— J'pourrais avoir un p'tit morceau de gâteau, juste pour goûter ?

— Avec plaisir, mon p'tit bonhomme ! répondit-elle en se levant pour lui servir une énorme part.

Alfréd se sentit honteux. Pauvre Nénette, voilà qu'il lui mentait, maintenant ! Il eut soudain l'impression qu'on l'observait. Il leva la tête. Posé sur la cheminée au-dessus de lui, un portrait du pape Paul VI le fixait. La photo-carte postale était dans un cadre en coquillages, avec un thermomètre sur le côté. Nénette disait que le saint homme veillait sur son toit et que rien ne lui échappait…

***

Par-fait ! Alfred-le-vieux recula un chouia pour contempler sa table : si ça, c'était pas du beau boulot ! Il s'était décarcassé pour préparer le goûter du p'tit. On aurait dit qu'il attendait dix personnes pour un banquet de communion. Le vieux laissa sortir Biscotte, qui couinait d'impatience devant la porte, tout en jetant un œil à la pendule. Le gamin avait cinq minutes de retard, ça lui ressemblait pas. Alfred alluma le transistor. Un air de valse musette s'éleva dans la pièce. Son pied se mit à battre en rythme. C'était tellement entraînant ! Fut un temps, il était fin danseur. Il monta le son. Ah, si Victoire était là, il l'aurait bien invitée ! Une main sur sa taille et les yeux dans les yeux, il l'aurait fait tourner comme une ballerine dans sa boîte à musique.

— Bah, papi ! Tu danses tout seul ?

Le vieux sursauta : le gosse et Biscotte étaient sur le pas de la porte.

— Mais non, bougonna-t-il. Je… j'tais en train de ranger des trucs !

Son petit-fils l'embrassa sur la joue.

— Comment qu'ça va ?

— Ben c'est plutôt à toi qu'y faut d'mander ! T'es en r'tard, mon salopiot !

— Pardon. C'est à cause de Chantal… elle voulait que j'l'aide à préparer la prochaine dictée.

Le vieux n'eut pas le temps de poser de questions, car Alfréd venait de découvrir la table du goûter.

— Ouah ! T'as mis l'paquet ! s'extasia-t-il.

— Auf, j'ai fait avec c'que j'avais, hein.

Le sourire du gamin disparut soudain.

— Euh… T'aurais pas du pâté, plutôt ?

Le vieux resta perplexe.

— Ben t'aimes plus les crêpes, toi, main'nant ?

— Si, si, c'est juste que… tu sais, j't'ai expliqué l'autre jour au pique-nique, que la viande c'est bon pour la santé, la force… et tout et tout.

Le gosse paraissait tellement embarrassé qu'Alfred ne broncha pas.

— J'ai p'têt du pâté d'ragondin, faut que j'regarde, dit le vieux en disparaissant dans son cellier.

Lorsqu'il revint, Alfréd n'était plus là. Il le trouva dans la chambre d'Odette avec le chien.

— Qu'est-ce que vous mijotez là, tous les deux ?

Le p'tit poussa un cri de surprise :

– Ah papi, tu m'as foutu la frousse ! (Il tenait un livre à la main qu'il déposa en vitesse sur la table de chevet.) Ben, euh… rien, on faisait juste un tour. C'est… c'est Biscotte qui a voulu entrer !

Biscotte n'entrait jamais dans cette pièce, Odette ne voulait ni puces ni poils dans sa chambre. Le vieux n'insista pas, le coup du pâté l'avait suffisamment surpris comme ça.

— Tata Odette va revenir quand de ses vacances ? demanda Alfréd en sortant de la chambre.

— Elle d'vrait pas tarder.

— Hourra ! s'exclama-t-il, en sautant pour toucher un attrape-mouches qui pendait dans le couloir.

Ses doigts restèrent collés au serpentin qui s'arracha du plafond et lui tomba dessus.

— Oh non ! Beurk, c'est dégoûtant !

Ce ne fut pas une mince affaire de retirer le papier collant emberlificoté dans ses cheveux. Le vieux jura une palanquée de « bon Dieu d'merde ! » avant d'en venir à bout. Ils ne firent pas le décompte des mouches, il devait en rester sur sa tête. Le gamin s'enfila ensuite plusieurs tartines généreusement garnies. Une fois remis de ses émotions, il se mit à raconter sa journée d'école. Un vrai moulin à paroles ! Il n'était question que de son institutrice : et Mlle Annie a dit ça, et Mlle Annie a fait ça, et la maîtresse par-ci, et la maîtresse par-là. Le vieux écoutait en silence, de toute façon, il pouvait pas en placer une. Son p'tit gars faisait de grands gestes en envoyant des morceaux de pâté sur le sol, pour le plus grand bonheur de Biscotte. L'institutrice aurait vingt-deux ans à la fin de l'année. Le môme s'était mis au défi de lui offrir un cadeau qu'elle garderait toute sa vie. Pas de dessin ni de bricole maison, il voulait quelque chose qui marque vraiment le coup. Il avait pensé prendre un chiot de Joly, mais il n'était pas sûr que la maîtresse ait le temps de s'en occuper. Alfréd se lança dans l'énumération de toutes les idées cadeaux auxquelles il avait pensé, quand il s'interrompit soudain :

— Dis, vénérable papi, tu lui offrirais quoi, toi ?

Le vieux fut pris de court. Le gosse était tout ouïe.

— J'lui donnerais une bague. Dans une boîte rouge, avec un tour doré.

C'était sorti tout seul. Son petit-fils fronça les sourcils.

— Une bague ?

Odette entra à ce moment-là.

— Ben alors, tous les deux, on dit plus bonjour ?

Ils se levèrent dans un même mouvement. Odette avait pris quelques jours de congé et était montée voir une ancienne collègue à Paris. Tout en les embrassant, elle commença à leur raconter ses vacances. Elle était en-chan-tée. Ça lui avait fait un bien fou. Elle avait le teint frais et l'œil vif, Alfred se réjouit de constater que ses cernes avaient disparu.

— J'vous ai ramené des p'tites choses !

Elle leur tendit un paquet à chacun : pour son père, une bonne boutanche et pour le môme…

— Un appareil photo !

Le gamin était ravi et voulut montrer à son grand-père comment ça marchait. Ça prit quelques minutes car il fallait fermer un œil et coller l'autre à l'appareil photo tout en appuyant sur un bouton blanc qui faisait *clic*. Au bout d'un moment, le vieux vit défiler des photos de carte postale. Il reconnut la tour Eiffel, le Mont-Saint-Michel et Étretat. Alors qu'ils étaient en train de la remercier, Alfréd demanda soudain :

— Mais, t'étais pas à Paris, tata Odette ?

— Ben si, pourquoi mon grand ?

— Parce que c'est écrit « Souvenir de Bordeaux » sur l'appareil photo.

***

Chapitre 8

« En amour, comme en musique, c'est pas d'jouer vite, mais d'jouer bien qui compte. »

Cinq jours qu'il flotte. J'aime pas novembre. En plus, c'est l'mois d'ma mort. J'ai bien choisi ma date, tiens ! C'est calme, ce matin. Tu m'étonnes, personne a envie de mett' son nez dehors... et pis faut voir Tophile ! Il est aussi sympathique qu'un vieux trou d'chiottes, en c'moment. J'sais pas si c'est à cause de mon anniversaire, mais son cas s'arrange pas. Tout à l'heure, quand il a nettoyé mon urne, il a failli me faire tomber par terre. Ça lui a coupé les pattes. Il est resté assis vingt minutes à côté d'ma niche après. Il a pas dit un mot. Au début, quand j'tais fraîchement crevé, il venait souvent m'voir. Maintenant il m'regarde quasi plus, comme si qu'on f'sait des manières entre nous ! Là, il est avec Prosper. Ils discutent de la musique, pour ma commémoration. Il voudrait des airs solennels. Quelle connerie ! Prosper l'écoute sans broncher avec sa mine d'enterrement. Il m'fait froid dans l'dos, çui-ci. C'est quand même un comble que mon frère l'ait choisi, lui. S'il savait c'que j'sais ! Marthe tend l'oreille. Pas discrète pour un sou... Tiens, voilà Henri. Ça fait un moment qu'on l'avait pas vu ici... Il s'assoit direct au comptoir. Oh, lui, il a envie d'parler. C'est marrant comme les gens ils s'confient facilement à Marthe. Ça vient p'têt de son côté grosse matrone. Le gras, c'est réconfortant, et Marthe, elle en manque pas ! Les boutons de sa robe sont tendus à bloc, on dirait une oie de Noël farcie jusqu'au bec. Combien de fois le médecin l'a prévenue qu'il fallait arrêter les tartines de saindoux au p'tit déjeuner ? À chaque fois, elle lui répond la même chose : « J'suis née là, faudra bien y mourir aussi. Alors autant qu'ça soit en mangeant du saindoux... »

— Alors qu'est-ce qui t'amène, mon gars ? elle demande à Henri. Saint-Ruffiac, c'est mieux que Bordeaux, on dirait !

Henri lui raconte que c'est le merdier sous son toit. Sa femme s'est barrée. Les gosses sont chez ses parents, à elle, mais la semaine prochaine, ils viendront ici. Marthe dit que Titi et Nini, c'est les meilleurs grands-parents du monde. Henri est d'accord, mais avec Titi, c'est quand même pas simple. Il lui mène la vie dure.

Tophile est descendu à la cave et Prosper est resté à sa table, au fond du bar. Il ne lâche pas Henri des yeux. Ce qu'il raconte l'intéresse bigrement, on dirait. Henri continue de vider son sac, mais c'est plus amusant maintenant : il s'est pris des vacances avec un copain, une virée sur la côte landaise dans sa 504 cabriolet. Ça lui a fait un bien fou. Ils ont mangé des fruits de mer à s'en faire péter la panse et visité les plus beaux sites du Sud-Ouest. Marthe en bave de jalousie et clame, tout haut, qu'elle aussi, elle aimerait faire un tour de cabriolet les cheveux au vent. Elle soupire tellement fort qu'un bouton sur le devant d'sa robe saute dans le verre d'Henri ! Didile rigole. Ça lui arrive pas souvent, on croirait entendre quelqu'un qui s'étouffe avec ses glaires. Henri sait plus où se mettre et Marthe est vexée comme un pou. Prosper se lève et va vers le comptoir. Il y pose une pièce et dit à Marthe avec sa voix de caverne :

— Ressers la même chose au jeune, c'est pour moi.

Puis il se dirige vers la porte et, juste avant de sortir, il lance :

— Ça fait plaisir de te voir ici, Henri. Bon retour parmi nous.

***

Alfred-le-vieux rendit à contrecœur son salut à Prosper, qui lui tenait la porte du bistrot. Le temps était fienssou*, une bonne excuse pour pas s'éterniser devant le café avec lui. À l'intérieur, il trouva Henri et Marthe qui fixaient la porte, comme s'ils venaient de voir passer un revenant.

— Ben alors ? Vous en faites des tronches ! dit-il.

Marthe haussa les épaules et posa un deuxième verre devant Henri.

— Il est où l'patron ? demanda Alfred, en s'installant au comptoir.

— À la cave, il passe son temps là-d'dans, répondit sa femme. Comment qu'ça va au Camboudin, Alfred ?

— Bien, bien. Le p'tit vit sa vie. En c'moment, y mange plus que d'la viande et des bonbons à l'anis. Mes filles se portent plutôt pas mal… enfin surtout

* Moche, pluvieux.

Odette. Depuis qu'elle est r'venue de son congé à Paris, elle a r'pris du poil de la bête.

— Ah ben, tu vois ! Toi qui t'inquiétais qu'elle bossait trop !

Alfred jeta un œil en coin à Henri. Le fils de Titi le zieutait depuis qu'il s'était assis à côté de lui. Quand leurs regards se croisèrent, Henri baissa la tête et plongea les doigts dans un de ses verres. Il en sortit un bouton qu'il tendit à la patronne du bar. Elle grommela quelque chose avant de disparaître dans l'arrière-cuisine.

C'est à ce moment que Tophile refit surface, devant l'urne de Roger. Il avait une sale mine.

— Ah ben, vous êtes coordonnés, ta femme et toi ! s'exclama Alfred. Y en a un qui part et l'autre qui apparaît !

— Comme toi et Prosper, riposta Tophile. À tous les coups, vous vous êtes croisés quand il est parti. Tu l'as salué, au moins ?

Le vieux ignora la question et but une gorgée de rouge en faisant la grimace. Depuis la fête de la pomme, il avait un arrière-goût dans la bouche. Il avait pas digéré que Victoire ait défendu Prosper. Pour dire vrai, c'était même pire que ça. Une saloperie d'idée fixe était venue se loger dans sa caboche et refusait d'en sortir : et si le père de Thérèse s'appelait Prosper ? S'il avait mis Victoire enceinte en 33 ? Cette enflure de réformé s'était peut-être pas contenté de s'occuper des femmes *pendant* les deux guerres, mais aussi *entre* ? Après tout, c'était possible. Alfred s'était marié en 32 et Odette était née la même année. À cette époque-là, Victoire était très triste. Qui sait, elle avait peut-être eu un moment de faiblesse et Prosper en avait profité ? Les dates concordaient en tout cas. Alfred aurait préféré n'importe qui plutôt que lui. Les copains avaient beau détester Prosper, fallait admettre qu'il en imposait. Des costumes impeccablement taillés, une voix de ténor, et éduqué, avec ça. Môssieur avait fait des études. Il aurait largement pu quitter Saint-Ruffiac avec ses diplômes, pourtant il avait préféré rester là... pour être près de Victoire et de *leur* fille ? Alfred tapa du poing sur le comptoir. Bon Dieu d'merde, c'était quand même pas possible !

— Ben, qu'est-ce qui t'prend ? demanda Marthe qui était revenue.

Alfred eut envie de tout lui raconter. Peut-être à cause de ses énormes miches, dans lesquelles on aurait bien aimé se cacher pour échapper aux problèmes.

— Faut pas faire attention, mon gars, dit-il à Henri qui ne le quittait décidément pas des yeux. Les vieux comme moi, ça débloque, des fois !

— Pas du tout, s'empressa de répondre l'autre. Il suffit de voir comme tu t'occupes bien du p'tit, à lui faire ses goûters et tout.

Comment il savait ça, lui ? Il n'eut pas le temps de demander, car Bébert et sa femme, accompagnés d'Eugène et sa bedaine, venaient de faire leur entrée, ruisselants de pluie.

— Bonjour la compagnie ! lança Eugène en s'essuyant le visage.

— Vous êtes trempés, mes pauvres loulous ! s'exclama Marthe.

— En parlant de loups, on a encore des chiots à donner, dit Bébert.

Les têtes se baissèrent. Quel emmerdeur, celui-là ! Tout le monde savait qu'il était interdit de dire du mal de Joly devant sa femme, sous peine de déclencher une crise de larmes ou de colère, selon la lune. Une fois, elle avait débarqué au bistrot avec un nerf de bœuf à la main, pour ramener Bébert au bercail. Elle était tellement furieuse qu'elle avait cassé tous les verres sur le comptoir en voulant lui donner un coup. Elle avait une sale trogne aujourd'hui, ses cheveux frisottaient drus sur les côtés, valait mieux pas la contrarier.

— Bravo la solidarité, dit Bébert en frappant dans ses mains. Merci à tous, vraiment. Vous avez pas d'cœur pour abandonner ces pauv' bêtes à leur sort…

Il fit une pause et se tourna vers Eugène :

— Heureusement qu'vous êtes pas tous des enflures d'égoïstes. Hein, mon Gégène ?

Alfred regarda Eugène avec des yeux ronds.

Deux. Il en avait pris deux. Alfred n'en croyait pas ses oreilles. Qu'est-ce que Bébert avait bien pu raconter à son ami pour le décider à adopter deux chiots ? Alfred convainquit Eugène de les lui montrer sur-le-champ. Ils sortirent du bar sous la pluie battante et se rendirent en mobylette chez lui. Dès qu'ils poussèrent la porte d'entrée, deux peluches surexcitées se jetèrent sur le bas de leurs pantalons. Eugène les chopa par la peau du cou. Ils paraissaient minuscules dans ses énormes paluches.

— Alors, tu m'croilles main'nant ? demanda-t-il.

Alfred marmonna que oui.

— R'garde don, comme y sont mignons ! dit-il en lui tendant un chiot.

Alfred le prit dans ses mains et l'approcha de son visage. Il était pas si affreux que ça, finalement.

La bestiole lui planta ses dents pointues dans la paume.

— Bon Dieu d'merde ! lâcha-t-il, y sont aussi teigneux qu'leur père !

— Rooh, y font ça pour jouer ! dit Eugène. Y sont gentils et pis... ça m'fait un peu d'compagnie. Toi, t'as ton p'tit gars, mais moi, des fois... ben, j'm'ennuie, comme qui dirait.

— Et pourquoi t'en as pris deux ?

— Ah, c'est ça qui t'chiffonne ? Ben, Bébert m'a expliqué qu'y étaient jumeaux. J'ai pas eu l'cœur à les séparer.

— Mais y s'est foutu d'toi ! Dans une portée de six, y en a pas qui sont plus jumeaux qu'd'autres !

— Moi j'trouve qu'y se ressemblent... avec leurs différences, bien sûr ! argumenta Eugène.

— J'comprends pas ta logique, mon pauv' vieux...

— C'est pourtant pas compliqué ! répliqua Eugène.

Il réfléchit :

— Tiens, prends les jumeaux d'la coiffeuse, par exemple.

— Qui ? Glenn et Brieuc ?

— Oui.

— Ben, c'est la même chose...

— Ah parce que t'arrives à les r'connaître, toi, main'nant ? Même leur mère, elle les confond ! Y a qu'mon Alfréd qui s'trompe pas... La vérité, c'est qu'tu t'es fait avoir comme un con, et pis c'est tout !

— C'est toi, qu'es con ! le coupa Eugène. Arrête don de donner des l'çons aux autres !

Alfred ravala sa salive. Le chien continuait de mordiller les quatre doigts restants de sa main gauche. Eugène eut l'air désolé :

— Écoute, c'est pas cont' toi, mon vieux. C'est juste que… Par acquit d'scrupules, faut qu'j'te dis quéque chose : j'ai causé avec Victoire…

Alfred dut s'asseoir sur une chaise. Le chiot en profita pour filer en couinant. Il lui avait pissé dessus. Victoire ? Qu'est-ce qu'elle venait faire ici ? Il essaya de comprendre, mais tout allait trop vite, ou trop lentement, sous son béret.

— J'l'ai rencontrée dans l'bourg ce tantôt, poursuivit son ami. Elle m'a d'mandé d'emblée d'jeu comment qu't'allais. Y paraît que tu vas plus prendre le thé avec elle… C'est moche. Elle s'inquiète pour toi, voilà.

Alfred joua l'étonné.

— Tu m'auras pas avec tes mines ! gronda Eugène. C'est pas à un vieux singe qu'on apprend à faire la soupe. J'crois que t'as pas été correct avec elle ces derniers temps. Victoire mérite mieux qu'ça !

***

Le gamin poussa la porte de la boutique. Un carillon tinta au-dessus de lui.

— Avance, Alfréd, on va pas rester plantés là ! chuchota Chantal dans son dos.

Elle avait insisté pour l'accompagner. Ça n'était pas prévu, mais il n'avait pas eu le choix. À la sortie de l'école, elle lui avait demandé où il allait et comme il ne savait pas bien mentir, elle avait décrété qu'il aurait sans doute besoin de son aide. Alfréd avait économisé pour acheter quelque chose à Mlle Annie. On était mi-novembre et son anniversaire n'arriverait pas avant le 21 décembre, mais il préférait s'y prendre tôt.

Le magasin du village vendait un peu de tout. C'est là qu'il faisait ses achats quand il ne pouvait pas attendre le camion-boutique de M. Ducos. C'était un endroit fourre-tout, encombré du sol au plafond, avec des néons en pendant. Devant, il y avait de la vaisselle, des bibelots, de la laine, des fournitures scolaires et, plus au fond, de la droguerie-quincaillerie rangée dans des tiroirs en bois. Le gamin était sûr de trouver son bonheur. Il commença à fureter sans grand succès : un nain de jardin poussant une brouette, des assiettes décorées de fleurs orange, un ensemble salière-poivrière en forme de bonshommes, un collier en toc. De son côté, Chantal cherchait aussi. Elle lui montra une mini théière en porcelaine, mais il trouva que ça faisait dînette, et une boîte à musique avec une fille en tutu, trop chère pour sa bourse. Le gamin se demandait pourquoi sa camarade se donnait tant de mal pour lui. En classe, elle lui expliquait les exercices de mathématiques et mardi, elle lui avait donné toutes ses frites à la cantine (elle n'avait soi-disant pas faim). Les jumeaux et Patrick se moquaient d'elle. Ils l'appelaient « la bigleuse » ou « la binoclarde » car elle portait des lunettes avec des gros verres qui lui faisaient de drôles d'yeux. Le gamin n'avait pas osé avouer à ses camarades qu'il la trouvait gentille, et même rigolote des fois.

— Psst ! Par ici ! souffla Chantal.

Elle avait posé une passoire en métal sur sa tête et marchait au pas comme un soldat, enjambant Cocotte-Minute et piles de journaux sur son passage.

— Qu'est-ce que vous trafiquez, vous deux ? demanda la patronne du magasin en surgissant de derrière une étagère.

Alfréd ne l'aimait pas. Elle n'était pas très aimable et se méfiait des enfants. Quand elle parlait trop près de vous, ça sentait comme dans les toilettes de la cour de récré, en pire.

— Rien, rien, m'dame, s'empressa-t-il de répondre. On cherche juste un cadeau.

— Dépêchez-vous, alors ! J'ai pas qu'ça à faire, rouspéta-t-elle en tournant les talons.

Alfréd et son amie pouffèrent. Chantal avait toujours sa passoire sur la tête. Ils hésitèrent longtemps devant une petite boîte en porcelaine avec un couvercle en boutons de rose, jusqu'à ce que Chantal comprenne que c'était pour ranger les dents de lait. Ils tombèrent d'accord sur une danseuse-baromètre pailletée qui changeait de couleur en fonction du temps. Lorsqu'il pleuvait, elle devenait rose et, par beau soleil, elle était bleue. Chantal était tellement emballée qu'il se demanda un instant si elle n'aurait pas préféré l'avoir pour elle. La patronne fit un paquet assez moche avec un bout de papier orange.

Au moment de se séparer, Alfréd remercia Chantal d'être venue avec lui.

— De rien, répondit-elle en s'éloignant, tu aurais fait pareil pour moi !

Il n'en était pas sûr et se sentit un peu honteux.

Quand il arriva chez lui, la maison était plongée dans le noir. À la ferme par contre, il semblait y avoir de l'animation. La lumière brillait à toutes les fenêtres et plusieurs autos étaient garées dans la cour. Alfréd se dépêcha d'aller cacher le cadeau pour la maîtresse dans sa chambre (en bas de sa commode, parmi les chaussettes) puis se rendit chez son papi pour voir ce qu'il s'y passait.

C'était le branle-bas de combat à l'intérieur : Alfred-le-vieux avait invité tous les copains. Il faisait chaud et il y avait de la buée sur les vitres. Tata Odette et sa mère s'activaient aux fourneaux. Quand Agnès le vit, elle le mit de suite au travail. Le gamin fut bientôt en nage, courant dans tous les sens, ramenant une bouteille par-ci, une chaise par-là. Il en profita pour grappiller des informations. Apparemment, son grand-père avait décidé d'organiser, à la dernière minute, une répétition pour préparer un hommage musical à Roger. Alfréd ne voyait pas pourquoi, vu que Tophile avait déjà recruté Prosper pour l'occasion. Agnès n'avait pas l'air emballée et râlait que, si elle était de repos, c'était pas pour nourrir une bande de vieux musiciens sur le retour. Autrefois, les copains avaient appartenu à une fanfare dont la renommée allait au-delà des frontières du Camboudin. C'est Alfred-le-vieux qui avait eu l'idée de monter le groupe – pour faire le malin et surtout pour impressionner les filles. Comme il ne jouait lui-même d'aucun instrument, il s'était improvisé chef d'orchestre (ça devait pas être bien compliqué de tenir une baguette). Malheureusement, ça faisait plus de dix ans qu'ils n'avaient pas répété ensemble, à cause d'une dispute. Le 14 juillet 1961, juste avant le défilé, Félicien avait donné le *la* et Titi avait trouvé que son *la* sonnait comme un *mi*. Ils avaient commencé à s'engueuler. Les autres ne s'en étaient pas mêlés au début – ce genre de choses arrivait souvent – mais au bout d'un moment, ils avaient été pris à parti. Certains étaient d'accord avec Titi, d'autres avec Félicien. Ils avaient demandé à Alfred de trancher. Mais comme il n'était pas calé en solfège (et qu'il n'avait pas vraiment l'oreille musicale), il avait déclaré que les deux s'étaient gourés. Ça avait dégénéré en dispute générale et ils avaient dû annuler. Plus personne n'avait retenté l'expérience depuis. Alfréd se demandait ce que son grand-père avait bien pu dire aux autres pour qu'ils acceptent de remettre ça… Quand vint le moment de sortir les instruments de leurs étuis, un silence d'église tomba sur la pièce. « La lyre ruffiacoise » presque au complet – il manquait Joson et son cor de chasse – fut bientôt prête : Titi à l'hélicon, Bébert au tuba, Marcellin à la trompette, Félicien au fifre et Eugène au tambour. Félicien donna le *la*. Tous les regards se tournèrent vers Titi qui opina du chef. Alfréd arrêta de respirer quand son grand-père leva sa baguette. À son signal, ils entamèrent le premier morceau. Au début, ce fut assez brouillon. Le gamin n'y connaissait pas grand-chose en musique, mais ça lui fit penser à une pièce en désordre qu'on essaierait de ranger sans savoir par quel bout commencer. Heureusement, la musique devint de plus en plus écoutable. Le gamin crut même reconnaître une mélodie qu'il avait entendue à la Fête du boudin.

Au bout d'une heure de répétition, ils étaient tous lessivés. Eugène avait l'allure d'une vieille tortue penchée sur son tambour et Bébert avait les yeux aussi gonflés que les joues à force de souffler dans son tuba. Ils rentrèrent chez eux sans faire de manières. Une fois qu'ils furent tous partis, Agnès, Odette et le gamin félicitèrent Alfred. C'était un chef d'orchestre hors pair ! Celui-ci marmonna que c'était pas la peine d'en faire tout un plat, puis déclara qu'il était fatigué et qu'il allait mettre la viande dans l'torchon. Le gamin était déçu – il avait encore une tonne de questions à poser à son papi : comment on faisait pour lire une partition, sans connaître les notes ? Combien pesait exactement une baguette ? Est-ce qu'il bougeait les bras au pif, ou bien c'était une chorégraphie apprise par cœur ? etc. –, mais sa mère le pressa pour qu'il enfile son blouson. Au moment de partir, son grand-père le rappela près de lui. Il le prit par les épaules et chuchota, pour que ça reste entre eux :

— Retiens ça, mon gars. En amour, comme en musique, y a une chose qu'y faut pas oublier : c'est pas d'jouer vite, mais d'jouer bien qui compte.

***

Ça avait été une rude journée. Alfred-le-vieux avait trimé pour rassembler les membres de « La lyre ruffiacoise ». Il n'était pas très fier de la manière dont il avait convaincu les copains de rejouer ensemble. Il leur avait parlé de Roger, d'honneur et de fraternité. Mais en vérité, il n'avait qu'une idée dans le ciboulot : faire barrage à Prosper. Éviter par tous les moyens que ce vieux crâneur ne leur vole la vedette… Allongé dans son lit, Alfred ne trouvait pas le sommeil. Il enviait Biscotte qui ronflait paisiblement sur sa peau de mouton. Pourquoi l'idée que Prosper soit le père de Thérèse l'obsédait-elle autant ? C'était du passé, il aurait dû laisser tout ça de côté. Pourtant, y avait rien à faire. Ce secret entre Victoire et lui, c'était comme un énorme caillou dans sa chaussure qu'il trimballait partout. Plutôt que de lui demander la vérité une bonne fois pour toutes, il préférait éviter son amie… Il aurait peut-être dû en causer à ses filles, après tout, elles s'y connaissaient mieux que lui en bonnes femmes. Mais Odette s'absentait de plus en plus souvent le soir et Agnès… c'était pas une fine fleur dans le domaine. Pas plus tard que la veille, elle lui avait dit qu'elle en pouvait plus d'entendre « Annie aime les sucettes » passer en boucle à la baraque. Elle pigeait pas pourquoi son fils aimait autant cette chanson. Le vieux avait rien osé lui dire à propos de la maîtresse d'école. Il voulait pas trahir son p'tit gars. Mais il avait espéré que depuis tout ce temps, sa fille aurait deviné par elle-même. Il fallait être aveugle pour pas remarquer que le gosse était amoureux ! Elle aurait dû faire plus attention au môme… Le vieux avait pourtant l'impression que les choses s'étaient améliorées. Dernièrement, il avait vu mère et fils sortir se balader avec le chien. Une première ! Même Biscotte paraissait étonné : il se tenait à carreau et marchait en cadence en levant les pattes bien haut, comme un cheval au défilé. Alfred ne comprenait décidément pas ce qui se passait dans la tête de sa cadette…

Il s'assit dans son lit et ralluma la lumière. Biscotte grogna par principe puis posa ses pattes sur ses yeux. Ce chien dormait plus qu'à son tour. S'il faisait pas une nuit complète, y avait rien à tirer de lui le lendemain. Le vieux ouvrit le tiroir de sa table de chevet. La boîte rouge et dorée était toujours là. La semaine prochaine, ça serait la commémoration de Roger. L'occasion de revoir Victoire. Il n'avait plus d'excuse. Il lui demanderait pardon d'avoir été aussi lâche et dirigerait la fanfare rien que pour elle, en la regardant bien en face. Elle comprendrait sûrement.

***

Chapitre 9

Déclaration mortuaire

« Plus haut, nom de Dieu ! Tu vois bien, qu'c'est pas droit ! »

Tophile gueule sur Marthe depuis ce matin. D'habitude, c'est plutôt l'inverse. Mais là, elle file doux. Elle me ferait presque pitié... Enfin, pas autant que le tabouret sur lequel elle est perchée. Il transpire plus qu'elle ! Elle est montée dessus pour installer une guirlande noire et blanche autour de la tête du sanglier. On va finir par se croire à la morgue, ici ! Cette commémoration commence à m'sortir par les trous d'nez. Heureusement, j'ai surpris Bébert et Félicien qui faisaient des messes basses l'aut' jour. Ils parlaient du retour en fanfare de « La lyre ruffiacoise ». J'crois qu'y va y avoir du ramdam, et c'est tant mieux !

Tophile ouvre la trappe sous ma niche et descend à la cave. Il est d'une humeur de chien. Tout le monde se demande ce qu'il trafique en bas, à longueur de journée. À mon avis, ça cache rien d'bon. P'têt qu'il est malade... cette idée me plaît pas, pourtant, plus les jours passent, plus j'y pense. Costaud comme il est, c'est difficile à dire. J'l'ai vu tourner d'l'œil qu'une seule fois, c'était y a longtemps, quand on était gosses. Il s'était pris un bout de bois entre les orteils en jouant au ballon pieds nus. Ça pissait le sang. Comme il voulait pas s'ramasser une roustée par not' paternel, il s'en était pas vanté devant les parents. Les jours d'après, il boitillait et il enlevait plus ses godillots. Au bout d'une semaine, il avait dû passer au bain, comme tout le monde. On était six enfants. On s'trempait à la queue leu leu dans une bassine au cul des vaches, dans l'étable. J'me rappelle quand ça a été son tour et qu'il a retiré ses chaussures ! Une odeur de pourri, à se dégobiller dessus ! Sa blessure s'était infectée et y avait des p'tits vers blancs qui grouillaient sur sa plaie. Il était tombé dans les pommes... C'est not' père qui l'avait réveillé avec une bonne torgnole ! Il avait tout gagné, cet imbécile...

Tophile remonte de la cave. Il va derrière le comptoir et, soudain, il braille :

— Foutez-moi tous le camp !

On n'est pas nombreux ce matin : Didile à sa table, Marthe au bar et deux Guézennec au fond. Comme personne ne bouge, il répète :

— Vous êtes bouchés ou vous voulez tâter d'ma droite ? J'ai dit : dehors !

Il se tourne vers Marthe :

— Toi aussi !

Marthe est toute blanche. Elle sort de derrière le comptoir. Les Guézennec se lèvent en faisant grincer leurs chaises et Didile obéit en titubant. Tout ce p'tit monde quitte le bistrot en silence. Ils font pas les fiers... Moi non plus. J'comprends rien à c'qui s'passe. Tophile s'approche de mon urne et tire une chaise. Il tombe à moitié dessus. C'est bizarre, on dirait qu'il tient pas bien debout. Il aurait quand même pas...

— Hum... hum... J'sais pas trop par où commencer, mon vieux, il dit. J'me sens un peu bête à t'causer, là. Ça fait un bail, hein... Quarante ans, qu't'es parti... C'est pas rien. J'me d'mande quelle trogne t'aurais aujourd'hui. J'espère pour toi, qu'elle s'rait moins amochée qu'la mienne ! Tout l'monde disait qu'on s'ressemblait, même si j'étais l'portrait craché du père et toi d'la mère. Ça l'a tuée, la pauvre, quand t'es mort... J'y pense tous les jours, tu sais. Tous les matins. Quand j'nettoie ta niche. J'me dis qu'j'aurais pu faire quéque chose. Que... que tout ça, c'est ma faute. Ce soir j'vais te rendre justice. Il est temps que la vérité éclate. Mais avant, j'voulais... Je... j'te d'mande pardon, mon Roger.

Me demander pardon de quoi, Tophile ? Qu'est-ce qui te prend, tout à coup ? Nom de Dieu, t'es en train de chialer, ou je rêve ? Y a des années qu'tu m'parles plus, et là tu m'dis des tas de trucs que j'comprends pas ! Reste là ! T'en va pas, bordel ! Tophile ?... Tophile ?

***

Alfred-le-vieux poussa la porte du bistrot et resta figé sous la tête du sanglier : à l'intérieur du café, toutes les lumières étaient éteintes. À la place, il y avait des bougies allumées. Sur les tables, le long du comptoir, et même sur le rebord des fenêtres. Au fond, la guirlande électrique clignotait sans conviction autour de la niche de Roger. C'était donc à ça que ressemblait une commémoration.

— Eh, papi ! T'avances ?

Une petite main le poussa dans le dos. Il entra, suivi du gamin, d'Agnès et d'Odette.

— Ouah ! s'exclama le gosse, comme c'est beau !

— C'est... spécial..., commenta Odette.

Il n'y avait personne, ils devaient être les premiers. Marthe sortit de l'arrière-cuisine.

— Ah, j'me disais, aussi, qu'j'avais entendu du bruit ! chuchota-t-elle.

Elle portait une robe noire trop serrée qui la boudinait de l'encolure aux genoux.

— Ben, pourquoi tu parles tout bas ? demanda Agnès.

— C'est... Tophile. Y veut pas d'remous ce soir. Y préfère qu'on fasse pas trop d'chahut.

Au même moment, un roulement de tambour retentit à l'extérieur. Ils n'eurent pas le temps de réagir que déjà la porte s'ouvrait en grand :

— V'là les renforts ! gueula Eugène en entrant, tambour en bandoulière et baguettes à la main.

— Tais-toi don, vieux fou ! gronda Alfred.

Il était furieux. Il avait fait promettre aux copains de laisser leurs instruments dehors, pour que la surprise soit complète.

— Moi qui pensais faire plaisir..., marmonna Eugène, la mine déconfite.

On cacha son tambour dans la cuisine sous l'œil inquiet de Marthe. Ils s'installèrent à une table. Alfred commanda pour tout le monde. Avec les bougies, on se serait cru à Noël. Ou à une veillée mortuaire. Selon l'humeur. Les yeux du gamin brillaient d'excitation, ça mit du baume au cœur d'Alfred. Celui-là était content, quoi qu'il arrive. À côté de lui, Agnès fixait son verre vide. Elle était pas jouasse d'être là, elle aurait préféré regarder son feuilleton préféré à la télé. Elle avait même pas fait l'effort d'enlever sa veste en moumoute. Ça jurait comparé à sa sœur. Odette portait une belle robe, des bijoux et du fard. Comme si elle allait à un rendez-vous galant. Elle se redressa soudain sur sa chaise. Henri venait d'entrer, suivi de ses parents. Titi avait pas sa tête des bons jours. En passant, il donna quand même une tape sur l'épaule d'Alfred : c'est bon, il avait pas oublié son hélicon. Bébert et sa femme s'assirent près d'Eugène. Depuis que ce dernier avait adopté deux chiots de Joly, ils le considéraient comme de la famille. Qu'est-ce qui fallait pas faire ! Félicien salua la galerie avec quelques vers baragouinés en latin et offrit une bouteille d'alcool de son cru à Marthe. Il fabriquait sa propre trouspignôle, « la trouspittoresque », comme il l'appelait. Selon lui, elle était nettement supérieure à l'originale. Les copains, eux, l'avaient surnommée la « trouspitoyable », tellement ils la trouvaient infâme. Marthe prit la bouteille avec un sourire forcé et la rangea quelque part sous le bar. Vexé, Félicien se posa dans son coin, en ronchonnant que c'était donner de la confiture aux cochons. Plus le temps passait, plus Alfred s'impatientait. Toujours pas de Victoire ni de Thérèse. Qu'est-ce qu'elles faisaient ? À chaque fois que la porte du bistrot s'ouvrait, il les guettait. En vain. Et si elles ne venaient pas ? Victoire n'allait quand même pas lui faire ça !

Quelqu'un tira sur sa manche. C'était le p'tit. Il voulait savoir pourquoi Prosper n'était pas encore arrivé et où était Tophile. Il n'était pas le seul à se poser la question. Tout le monde chuchotait en lançant des regards interrogateurs à Marthe qui faisait semblant de s'activer derrière le comptoir. Soudain, un air de clarinette monta du tréfonds du bistrot. C'était joué lentement et ça filait des frissons. On entendit bientôt les marches de la cave grincer et on vit Prosper sortir par la trappe, son instrument à la bouche. La lumière des bougies lui donnait des airs de croque-mort. Il se plaça à droite de l'urne tandis que Tophile sortait à son tour du sous-sol. Il avait mis son costume d'enterrement. Consternation générale. Qu'est-ce que c'était que ce cirque ? Quand la musique se tut, Tophile releva la tête : il avait les yeux vitreux. Victoire et sa fille entrèrent à ce moment-là. Alfred remarqua aussitôt que Victoire avait pleuré, ça se voyait, même à la lueur des bougies. Il voulut se lever mais Odette le retint par le bras : Tophile commençait son discours.

— Mes amis, si je vous ai réunis ce soir, c'est pour la commémoration de mon frère.

Il parlait au ralenti, la bouche pâteuse. Un vent glacial traversa l'assemblée. Tophile avait fait le serment de ne plus toucher une goutte d'alcool depuis la mort de son frère, mais à le voir et à l'entendre, ça ne faisait aucun doute : il avait picolé ! Voilà à quoi il passait son temps dans la cave !

— J'sais bien c'que vous vous dites depuis des s'maines : il est barjo, le Tophile, y perd la boule !

Il fit une horrible grimace. Alfred jeta un coup d'œil au gamin. Il n'avait pas l'air rassuré.

— J'vais pas y aller par quat' chemins, pas d'ça entre nous, hein, poursuivit-il. J'ai quéque chose à vous avouer. C'est à propos d'Roger… et d'la nuit où il est mort. Ça s'est pas passé exactement comme vous croyez. Mon frère, il a pas quitté le bal tout seul. J'tais avec lui.

Il fit une pause. On n'entendait pas un souffle dans le bistrot.

— On était aussi saouls l'un que l'autre. On marchait bras d'ssus, bras d'ssous, j'm'en souviens comme si qu'c'était hier ! En passant près d'l'étang, Roger a dit qu'y voulait m'parler d'un truc grave. Ce qu'y m'a raconté m'a fichu dans une colère noire. J'tais pas du tout d'accord avec lui. On s'est engueulés comme jamais et plutôt que d'en v'nir aux mains, j'ai préféré m'tirer. Y m'a d'mandé d'rester, mais j'ai rien voulu entendre.

Sa voix s'était mise à trembler. À côté de lui, Prosper était raide comme un piquet.

— La version que tout le monde connaît, c'est qu'il est tombé dans l'étang et qu'on l'a retrouvé noyé, un peu plus tard. La vérité, c'est qu'j'ai abandonné mon frère… Alors voilà : Roger est pas mort par accident. Il s'est suicidé. Et c'est ma faute.

***

Tata Odette boucha les oreilles d'Alfréd, mais c'était trop tard : il avait entendu la terrible chute de l'histoire racontée par Tophile. Tout le monde était sous le choc. Son papi avait posé sa main sur son avant-bras et le tenait fort. Il regardait droit devant lui avec les sourcils froncés. Personne n'osait bouger. Quelqu'un fit un drôle de bruit, comme un hoquet qu'on aurait voulu étouffer. C'était Nini. Odette demanda au gamin de l'attendre là bien sagement, puis rejoignit

Henri auprès de sa mère pour prendre son pouls. Devant la niche, Tophile n'avait pas bougé. Il se tenait tête baissée et épaules voûtées. On aurait dit une grosse marionnette sans ses ficelles. À côté de lui, Prosper paraissait stupéfait. Sa clarinette lui avait glissé des mains et il ne s'en était même pas aperçu.

— Maman ! s'écria soudain Thérèse.

Alfréd se retourna : Victoire semblait mal en point. Une main posée sur la poitrine, elle n'arrivait pas à reprendre son souffle. Alfred-le-vieux bondit de sa chaise pour aller à son secours. Quand il s'approcha, Thérèse se mit à lui crier de s'éloigner de sa mère en lui donnant des tapes. Agnès s'en mêla aussitôt et lui fonça dessus en la traitant d'hystérique. Il y eut des grognements au fond à gauche. C'était le clan Guézennec qui quittait le bistrot. Ils faisaient tous la même tête de cochon. « À la r'voyure », lança l'un d'eux à Marthe en sortant. Marthe ne répondit pas. Elle était blanche comme un linge et dévisageait Tophile comme si elle le voyait pour la première fois. La veuve Tricot quitta alors sa table et alla vers Tophile. Alfréd n'en revenait pas : il ne l'avait jamais vue marcher droit ! C'était un miracle ! Une fois près de Tophile, elle lui agrippa l'épaule et lui parla tout bas. Le gamin se sentait un peu perdu. Il ne comprenait pas grand-chose à ce qui se passait. Il était en train de se demander combien de secondes il lui faudrait pour se faufiler jusqu'au bar et chiper des cacahuètes en douce, quand une voix familière lui glissa à l'oreille :

— Ça va, mon bonhomme ?

C'était Nénette avec ses joues fripées et son dos cabossé. Elle le regarda jusqu'au fond des yeux et il eut chaud au cœur. Comme s'il s'était retrouvé dans la cuisine de son amie, avec le four allumé et une bonne odeur de gâteau autour d'eux. Elle s'assit près de lui.

— Tu sais, des fois, les adultes font des choses bizarres, lui dit-elle. Mais t'en fais pas, va. Tout finit par rentrer dans l'ordre…

***

Nom de Dieu, d'bon Dieu ! Mais où t'es allé chercher tout ça, Tophile ? J'arrive pas y croire ! Moi, suicidé ? Et puis quoi encore ? Mais qu'est-ce t'as dans la cervelle, bon sang ! C'est un coup à d'venir dingue !

Bon, allez, faut que j'me calme. Le bistrot est vide, ils sont tous partis se coucher. Il fait noir comme dans l'cul d'une vache. J'ai tout l'temps pour réfléchir... Tophile, mon Tophile. Les bras m'en tombent des nues... Comment t'as pu garder ça pour toi, toutes ces années ? Vu la surprise de Marthe, tu lui avais rien raconté. T'es encore plus costaud que c'que j'croyais... Ah, si j'avais pu vous causer, à tous, ce soir ! On aurait évité la catastrophe. Parce que, si y a quelqu'un qui connaît la vérité, c'est bien moi. Faudrait pas oublier que c'est ma mort, quand même !

Quand j'y pense, le pire, c'est pas pour moi – j'ai plus rien à prouver – mais, pour les vivants... Y en a une, plus que les autres, qui a dû en baver ce soir. Elle m'a fait tellement de peine tout à l'heure, j'ai cru que son cœur allait lâcher. Victoire. J'aurais tellement voulu t'épargner ça ! T'es une femme bien, si seulement j'pouvais m'excuser... J'ai jamais eu l'intention de te faire du mal. Et pourtant...

Le fameux soir de ma mort, c'est de TOI que j'ai parlé à mon frère. Enfin plutôt de nous, de ce qui était arrivé. J'étais tellement lâche que j'ai attendu d'être fin bourré pour cracher le morceau. Tophile a toujours été plus sage que moi. Il m'fallait son avis. Alors quand on a été dehors, j'lui ai raconté. J'lui ai dit que tu te sentais trahie, parce que ton Alfred, il t'avait lâchée pour Madeleine, et qu'une chose en entraînant une autre, on avait flirté. J'avais énormément d'estime pour toi, Victoire, seulement moi, c'que j'voulais, c'était partir à Paris. Y avait que ça qui comptait. Alors quand tu m'as annoncé qu't'étais enceinte, j't'ai répondu que j'en voulais pas, de ce bébé.

C'est quand j'ai dit ça à Tophile qu'il est rentré dans une colère de tous les diables. Il m'a attrapé par le colbac et pis il m'a secoué. Il m'a crié que j'étais plus un gamin et que j'devais prendre mes responsabilités. Il était fou. J'me souviens plus trop de ce qui s'est raconté après. En tout cas, le ton a continué de monter et comme je cédais pas, il a fini par se tirer, en me laissant là. J'suis allé m'asseoir au bord de l'étang, pour réfléchir. Y faisait un froid de canard, mais j'en tenais une bonne, alors j'me suis endormi... C'est des voix, juste à côté, qui m'ont réveillé. Y avait un homme et une femme. À l'entendre, la femme était en panique. J'comprenais pas tout, mais en gros, l'homme essayait de la rassurer et lui disait qu'il prendrait les choses en main. Elle, elle voulait pas qu'il intervienne. Il était question d'un enfant hors mariage. Le leur, apparemment. La femme avait peur que son mari découvre qu'elle l'avait trompé. Forcément, j'ai voulu savoir qui c'était. Alors j'ai essayé de me lever. Comme je tenais pas sur mes pattes, j'ai fait du raffut. L'homme a demandé : « Qui est là ? » Et puis il est venu vers moi.

J'ai reculé pour me cacher et j'suis tombé en arrière. Mon crâne a dû cogner contre une pierre parce que je suis tombé à l'eau et j'ai coulé à pic.

Après, rien. J'me suis réveillé dans mon urne.

Voilà c'qui est vraiment arrivé. Pas plus, pas moins.

J'suis le seul responsable de ma mort.

Et puis, si quand même, y a autre chose :
j'ai pas reconnu la voix de la femme.
Mais celle de l'homme, si.

***

Chapitre 10

« Y a pas d'âge pour s'enhardir »

La soirée de commémoration ne s'était pas du tout déroulée comme prévu. Les copains avaient le moral dans les chaussettes. Alfréd était déçu que « La lyre ruffiacoise » n'ait pas pu jouer quelques airs. Tata Odette lui avait expliqué qu'on ne faisait pas toujours ce qu'on voulait dans la vie, et que nos idées, même les meilleures, étaient parfois contrariées par des éléments qui nous dépassaient…

Elle avait sûrement raison. Il venait d'en faire sa propre expérience : son régime était un fiasco. Ses efforts pour maigrir n'avaient servi à rien ! Il était toujours aussi gros et, en prime, il avait faim tout le temps. Il ne serait jamais aussi fort que Chéri Bibi, son catcheur préféré à la télé, ni aussi musclé que le héros de *Passion du désir*… C'était pas de chance pour lui. Le destin n'était pas d'accord avec son plan.

On était mercredi et il était seul à la maison. Il se réchauffait devant la cheminée, quand ses yeux tombèrent sur une pile de revues qui traînaient par terre. Une couverture dépassait du tas : c'était le numéro d'été de *Jours de France* qui lui avait servi de modèle pour sa diète. Fichu article qui l'avait privé de ses plats adorés, de son atelier pâtisserie et des meilleures friandises ! Alfréd se leva d'un bond et s'empara du magazine. Puis il se dirigea droit vers le feu, où il le jeta. Les flammes devinrent aussitôt vertes et bleues. Le gamin sourit. Voilà une bonne chose de faite. Il aurait dû y penser plus tôt ! En plus, la maîtresse s'en fichait de savoir s'il était gros ou maigre. Elle voulait juste qu'il travaille bien en classe. Alfréd avait d'ailleurs décidé de passer à la vitesse supérieure avec elle. Il était temps qu'elle sache qu'il l'aimait. Car il en était sûr maintenant : il était amoureux de Mlle Annie. C'était écrit noir sur blanc dans *Le Petit Robert*, il n'avait pas de doute là-dessus. Il lui rédigerait donc un poème, qu'il lui offrirait pour son anniversaire avec la danseuse-baromètre. Évidemment, il n'en avait parlé à personne – surtout pas à ses copains qui auraient été jaloux. Alfréd n'était en effet pas le seul à essayer de lui plaire. Il avait remarqué que la plupart de ses camarades se tenaient à carreau en classe et qu'ils levaient plus souvent le doigt qu'avant. L'autre jour, Patrick s'était vanté que sa mère et lui avaient croisé l'institutrice chez Gouillette et qu'ils avaient *discuté* ensemble. Patrick faisait l'important. Ça avait agacé Alfréd qui, lui, n'avait pas eu la chance de rencontrer Mlle Le Tartonnec à la boulangerie. En même temps, il se demandait ce que sa mère et elle auraient pu se raconter. Agnès savait à peine qu'elle existait. Quand il lui parlait de sa maîtresse, elle lui répondait que cette fille-là était moins fiable que Mlle Morvan et que, de toute façon, elle ne resterait pas. Le gamin la trouvait dure. Heureusement, il n'avait pas besoin d'Agnès pour séduire Mlle Annie. Il suffisait de voir comment cette dernière le regardait…

Et alors que *Jours de France* finissait de brûler dans la cheminée, quatre heures sonnèrent au clocher de Saint-Ruffiac. Alfréd sursauta : il était encore temps de rejoindre ses camarades pour l'expédition-épicerie prévue cet après-midi même. D'habitude, il ne se mêlait pas à ce genre de bêtises, mais là, il avait très envie de fêter la fin de son régime en beauté !

Il arriva tout essoufflé au point de rendez-vous. Patrick et les jumeaux étaient déjà là, à l'abri sous le porche qui leur servait de repaire.

— Ben ça alors, Alfréd ! s'exclama Patrick. T'arrives pile au bon moment, on avait besoin de renforts ! Tu vas v'nir avec nous ?

La gorge du gamin sifflait tellement qu'il se contenta de répondre par un signe de tête. Les garçons commencèrent à discuter du western de la veille. Pendant qu'ils parlaient, Alfréd remarqua que Glenn et Brieuc portaient de drôles de bonnets qui descendaient bas sur leurs oreilles. Quand il leur demanda pourquoi, les jumeaux firent une mine bizarre et ne répondirent pas.

— Fais pô attention, dit Patrick, ils sont louches aujourd'hui. Bon, si on passait aux choses sérieuses, les gars ? poursuivit-il en chuchotant. Alfréd, on va t'expliquer not' plan, d'accord ?

Alors qu'ils étaient en pleine réunion, une petite voix s'éleva dans leur dos :

— Bonjour les garçons ! Vous faites quoi ?

— C'est pas vrai, se lamenta Brieuc en se retournant, pas elle !

— Passe ton chemin, binoclarde, on t'a pas sonnée, siffla Glenn entre ses dents.

Le sourire de Chantal s'effaça derrière ses lunettes. Elle portait un anorak orange et blanc trop grand pour elle qui devait appartenir à son grand frère. Elle fit pitié à Alfréd.

— Allez, les gars, pour une fois…, glissa-t-il.

— Quoi, tu la défends, toi, maintenant ? s'exclama Patrick. On a dit : pas de fille !

— Et encore moins une fayote ! renchérirent les jumeaux.

Chantal avait les larmes aux yeux. Alfréd ne se démonta pas :

— On a besoin de renforts, oui ou non ? Si elle vient pas, ben… moi non plus !

Les copains restèrent interdits. Après une rapide concertation, ils furent bien obligés d'accepter. Le temps pressait et puis, plus il y aurait de mains, plus la récolte serait bonne.

C'est donc tous les cinq, qu'ils se rendirent à l'épicerie. C'était un magasin minuscule, pas plus large qu'un couloir, tout en bois à l'intérieur. Sur la gauche il y avait un comptoir avec des bocaux remplis de bonbons, de café, de sucre et de farine. Sur la droite, on trouvait des conserves empilées les unes sur les autres et, tout au fond, un piano coincé entre des cagettes et des cartons. Glenn jeta un œil par la porte entrouverte.

— Le vieux dort près du comptoir, chuchota-t-il, au signal, vous entrez !

Ils avaient tiré à la courte paille, Glenn avait perdu. Il serait *l'éclaireur*. Il se faufila donc sans bruit dans la boutique, en direction du piano. Les autres se tenaient prêts à l'extérieur. Dès que Glenn se mit à appuyer sur le clavier, le patron qui somnolait sur une chaise se réveilla en sursaut.

— Attends que j't'attrape, vaurien ! vociféra-t-il en levant sa canne.

C'était le signal.

Patrick, Brieuc, Chantal et Alfréd entrèrent à leur tour et foncèrent vers les bocaux de bonbons. Pendant que l'épicier criait après Glenn qui continuait de jouer du piano n'importe comment, ils remplirent leurs poches. Quand elles furent pleines, ils sortirent en trombe de la boutique, suivis de près par leur complice qui s'était pris quelques sérieux coups de canne sur le crâne. Ils coururent jusqu'à leur repaire en riant comme des baleines. Quand ils furent certains qu'on ne les avait pas suivis, ils s'assirent sur les marches sous le porche pour déguster leur butin : caramels, mistrals gagnants, sachets de poudre qui pétillaient sur la langue, sucettes Pierrot et même un distributeur Pez avec la tête de Mickey.

— J'en peux plus, j'ai trop chaud, se plaignit alors Brieuc. Tant pis.

Il retira son bonnet, bientôt imité par son frère. Les autres restèrent bouché bée : Brieuc était blond et Glenn brun. Leur mère en avait eu tellement marre qu'ils la fassent tourner en bourrique en se faisant tout le temps passer l'un pour l'autre, qu'elle les avait punis. Chacun leur teinture, comme ça, plus d'entourloupe. Alfréd jugea que c'était inutile, normal, il était le seul à les reconnaître. Patrick déclara que ça serait plus pratique et Chantal éclata de rire. Elle avait les tresses en désordre et les lunettes de travers. Le gamin trouva que ça lui allait plutôt bien. Rien à voir avec ses airs de première de la classe ! C'était sans doute la première fois de sa vie qu'elle faisait une telle bêtise. Et c'était un peu grâce à lui.

***

J'me suis jamais autant emmerdé. Depuis avant-hier, personne a osé repointer le bout de son pif au bistrot... Ça les a tous secoués cette histoire de commémoration. En même temps, Tophile y est pas allé de main morte. Même Marthe lui adresse plus la parole. Elle doit se sentir trahie qu'son homme lui ait caché la vérité. Du coup, elle vient plus et Tophile est seul dans son café. Enfin, y a Didile, mais bon, elle compte autant que les murs. D'ailleurs, j'ai remarqué un truc : depuis qu'elle a parlé à mon frère l'aut' soir, elle se cache moins pour le regarder de sa table. Y a pas d'âge pour s'enhardir...

Tiens, tiens, qui voilà ? Alfred-le-vieux ! Ah, enfin un peu d'visite ! Il salue mon frère et va s'installer à une table, dans un coin. Bon, ben, c'est râpé pour l'animation apparemment... La porte s'ouvre à nouveau. Prosper Le Goff ? Prosper s'assoit au comptoir et commande deux verres de trouspignôle. Un pour lui, un pour Tophile. Mon frère bronche pas et trinque avec lui. C'est pas vrai ! J'sais qu'un coup à boire, ça se refuse pas, mais quand on est sobre depuis quarante ans, si ! J'voudrais tellement pouvoir dire à Tophile qu'il est coupable de rien.

La voix de ténor de Prosper s'élève dans le bistrot :

— Il faut que je te parle, Tophile. Je ne peux pas continuer comme ça... Mais avant, jure-moi d'écouter jusqu'au bout.

Tophile fait oui de la tête. Didile et Alfred dressent les oreilles comme des chiens de chasse.

— Depuis ton discours, je n'arrive plus à fermer l'œil. Parce que, mon vieux, tu t'es mépris sur toute la ligne. J'avais fait le serment de ne rien dire... mais je ne peux pas te laisser dans cet état... Écoute, ton frère, il ne s'est pas suicidé. Je le sais, parce que j'étais là, quand c'est arrivé.

— Quoi, qu'est-ce tu dis ? le coupe Tophile comme s'il se réveillait en sursaut.

— Attends que j'aie terminé, tu veux ? J'étais sorti de la salle de bal pour prendre le frais au bord de l'étang, quand j'ai entendu que ça bougeait dans les roseaux. Je me suis levé et j'ai demandé : « Qui va là ? » Pas de réponse. Alors je me suis avancé. Et tout à coup... il y a eu un bruit de quelqu'un qui tombe à l'eau. J'ai appelé. La lune était à demi cachée par les nuages, je n'y voyais pas grand-chose. Je suis entré dans l'eau gelée et quand j'en ai eu jusqu'à la taille, eh bien, j'ai... je ne suis pas allé plus loin... Je te jure, Tophile, j'ai essayé. Malheureusement, la personne qui était tombée ne se débattait pas. Elle avait coulé à pic...

Mon frère sort de derrière le comptoir. Il a les naseaux qui fument. Bon Dieu, Tophile, mais qu'est-ce que... qu'est-ce que tu fais ? Et merde ! Il vient de décocher une droite en plein dans la tronche de Prosper. Le v'là tombé par terre ! Alfred se lève d'un bond. Il fonce vers Prosper qu'est avachi contre un tabouret, et passe devant mon frère qui se tient les poings fermés devant le visage, prêt à en découdre. Alfred se baisse et prend Prosper par le col. Il lui souffle en pleine face :

— Tu vas payer pour tout c'que t'as fait, Le Goff !

La porte s'ouvre alors en grand : c'est Nini, hors d'haleine. En les voyant là, tous les trois, elle crie :

— Mais vous êtes dev'nus fous ! Arrêtez ! Tout est ma faute !!!

***

On lui aurait dit une heure plus tôt qu'il se serait retrouvé assis là, avec Tophile, Prosper et Nini, autour d'une table, il ne l'aurait pas cru. Alfred-le-vieux secoua la tête. C'était pire qu'après une cuite à la trouspignôle. Prosper tenait une poche de glace sur son œil – Tophile ne l'avait pas loupé – et son nez continuait de pisser le sang. Le mouchoir fleuri de Nini enfoncé dans sa narine était tout rouge. Alfred-le-vieux lorgna Nini d'un air dubitatif. Elle avait encore les yeux tout gonflés de larmes et tapotait la main de Prosper posée sur la table. Elle n'était pas celle qu'il pensait. Comme quoi, on n'était jamais au bout de ses surprises.

Nini leur avait tout déballé d'une traite, malgré les protestations de Prosper : cette nuit-là, Prosper n'était pas seul. Nini était avec lui. Ils s'étaient retrouvés en cachette, dans les roseaux pour discuter. Car ces deux-là partageaient un secret : ils s'aimaient depuis toujours. À l'époque, on ne se mariait pas forcément comme on voulait. Les parents de Nini l'avaient *promise* à Titi, qui était un très bon parti, et elle n'avait pas eu son mot à dire. Elle avait donc renoncé à son amour pour Prosper, pensant, qu'avec le temps, ça passerait. Cependant, rien n'était passé du tout. Nini n'arrivait pas à oublier Prosper, et vice versa. Alors ils s'étaient revus. Pendant des années. Et puis un jour, Nini était tombée enceinte. Pas de Titi (elle en avait déjà eu trois avec lui), mais de Prosper. Elle avait appelé l'enfant Henri. C'est Prosper qui avait choisi son prénom. Le fameux soir du bal, ils s'étaient donné rendez-vous dehors, malgré le grand froid. Au moins, ils étaient sûrs de ne croiser personne. Ils devaient parler de leur fils qui allait fêter ses quatre ans. Prosper ne supportait plus la situation, il voulait tout avouer à Titi et que Nini le quitte. Cette dernière avait eu peur et refusé. Titi était un homme droit, elle ne pouvait pas lui faire ça. Soudain, ça avait bougé dans les roseaux. Ils s'étaient levés et avaient aperçu une silhouette. Puis, il y avait eu un *plouf !* et plus rien. À cet endroit-là, l'étang était dangereux car profond, même près du bord. Prosper s'était aussitôt engagé dans l'eau mais Nini l'avait retenu : il ne savait pas nager et, de toute évidence, l'autre s'était noyé. Il n'y avait aucun signe de vie à la surface. Ensuite, tout était allé très vite. Nini avait paniqué : Prosper était mouillé jusqu'à la taille, si on le découvrait là, il serait désigné coupable d'office car personne ne l'aimait. Alors elle l'avait supplié de rentrer chez lui et était allée chercher elle-même du secours.

Ils ne savaient pas encore qui était tombé dans l'étang.

Nini se leva et revint avec un verre d'eau pour Prosper. Elle déposa un baiser sur son front. Tophile et Alfred-le-vieux échangèrent un regard lourd de sens : voilà qu'ils se retrouvaient complices d'un mensonge bien faisandé. En même temps, si cette histoire était vraie, ça signifiait que Roger ne s'était pas suicidé. Et pour Tophile, ça changeait beaucoup de choses…

Alors que la discussion semblait close et que chacun était perdu dans ses pensées, Prosper déclara :

— Encore une chose. Il faut que vous sachiez que Nini est mon unique amour. C'est pour elle, et aucune autre, que je suis resté ici. Tout ce que vous racontez dans mon dos depuis la guerre, ce sont des foutaises !

Il tapa du poing sur la table puis se tourna vers Alfred, en le fixant de son œil valide :

— Il va vraiment être temps que tu arrêtes tes conneries, Alfred. Entre Victoire et moi, il n'y a *jamais* rien eu ! Elle n'a d'yeux que pour toi. Et il en a toujours été ainsi, même du temps où d'autres galants lui tournaient autour. Mais ça, tu es le seul à ne pas le voir.

***

Chapitre 11

La muse au lama

L'exposé de Brigitte sur la pomme de terre n'intéressait pas grand monde. Une patate à la main, elle se donnait pourtant du mal. Pas de chance pour elle, une ménagerie devait venir à l'école cet après-midi. C'était l'événement ! Alfréd rêvait de ce moment depuis des jours. Il n'était jamais allé au cirque et ne connaissait que « La Piste aux étoiles », une émission qui passait tous les mercredis soir sur la deuxième chaîne de l'ORTF, dans laquelle on voyait clowns, prestidigitateurs, équilibristes et autres acrobates se succéder sous les applaudissements du public et la musique de l'orchestre. Ce qu'Alfréd préférait par-dessus tout, c'étaient les numéros avec des animaux. Les chevaux capables de se dresser sur leurs pattes arrière le laissaient sans voix. En tant que futur cow-boy, il se disait que cela pourrait lui servir pour plus tard avec son fidèle destrier (il avait d'ailleurs commencé à s'entraîner avec la vieille mule qui broutait à côté du Camp-qui-pue, sans résultat). En plus des chevaux, il y avait des ours, des éléphants et des tigres affamés. Lorsque le dresseur entrait dans la cage aux fauves avec son fouet, il retenait son souffle. Quel homme, ce dompteur ! Enfin, à part son costume de scène… si bizarre.

L'image du dresseur, à moitié nu dans son slip léopard, disparut en fumée quand les copains se mirent à pouffer : Brigitte venait d'écrire au tableau que la pomme de terre était née au lac Titicaca. Mlle Le Tartonnec les rappela au calme. Les yeux rivés sur elle, Alfréd se redressa derrière son pupitre : même fâchée, elle était jolie ! Plus les jours passaient, plus il était amoureux d'elle. Il ne lui trouvait aucun défaut. C'était la fille parfaite. Alors pourquoi avait-il autant de mal à lui écrire un poème pour son anniversaire ? On était déjà début décembre, il fallait qu'il s'active ! Il avait beau connaître son visage par cœur et passer son temps à la détailler, il n'arrivait pas à la décrire. Les rimes qui lui venaient étaient aussi décevantes qu'une tranche de saucisson sans gras. Il avait lu quelque part que tous les plus grands poètes avaient une muse. Mlle Annie était la sienne. Alors pourquoi ne lui inspirait-elle aucune ligne valable ? Il ne devait pas être un bon poète… Enfin, pas encore, car il comptait bien y arriver. En attendant, c'était pas avec sa tenue du jour qu'il risquait de la conquérir : il portait un pantalon en velours (trop court), un sous-pull col roulé (trop serré) et un pull feutré (par sa mère).

— Ils sont là !!! s'exclama soudain Jean-Pierre Poilvert qui s'était levé en douce pour guetter l'arrivée de la ménagerie.

Il y eut du brouhaha et tout le monde se rua aux fenêtres. Sauf Brigitte qui pleurnichait sur l'estrade avec sa patate à la main.

Ni fauves ni présentateur en nœud papillon. Le directeur de la ménagerie avait un chandail à trous et des dents à moitié noires. Il était accompagné d'un grand garçon maigre, pas beaucoup plus vieux qu'eux, qui les observait d'un air mauvais. C'étaient des forains qui se déplaçaient de village en village. Ils encouragèrent les élèves à s'approcher. Côté animaux, c'était pas mieux : un bébé crocodile empaillé dans un aquarium tout crasseux, une genette d'Afrique de la taille d'un gros chat qui « puvait mauvais », comme le fit remarquer Patrick, une perruche déplumée et un lama tenu en corde par le grand garçon pas commode. Le forain leur donna quelques explications vite fait puis proposa une petite démonstration. Les jumeaux trouvèrent ça nul. Alfréd était d'accord avec eux, mais n'osa trop rien dire, car il ne voulait pas décevoir la maîtresse. La perruche n'obéissait à aucune consigne et la genette montra ses dents pointues au monsieur qui l'engueula avec une tripotée de gros mots. Chantal posa une question que le dresseur ignora, puis une deuxième, qu'il fit encore mine de ne pas entendre.

— Il n'y connaît rien à rien, souffla-t-elle à Alfréd.

Le silence se fit soudain : le forain venait de leur annoncer en souriant de toutes ses dents pourries que quelques chanceux parmi eux allaient pouvoir faire un tour de lama. Mais il n'y avait aucun volontaire.

— Personne ? dit le type en serrant les mâchoires. Bien, alors j'ai une autre idée…

Et il se mit à scander : « Maîtresse ! Maîtresse ! » Le visage de Mlle Le Tartonnec changea aussitôt d'expression. Elle refusa catégoriquement. Mais c'était trop tard, tous les enfants s'étaient mis à crier : « MAÎTRESSE ! MAÎTRESSE ! » à tue-tête. Ils insistèrent tant et si bien qu'elle finit par se retrouver sur le dos de l'animal, sans selle ni rênes pour se tenir. Sur les ordres du grand garçon maigre qui avait soudain l'air de s'amuser, le lama commença à trotter dans la cour, en faisant un tas de bruits bizarroïdes avec son museau. Sur son dos, Mlle Le Tartonnec était devenue toute rouge et sa bouche tremblait sur les côtés. Elle essayait de rester digne en se tenant bien droite, mais rebondissait comme sur un petit ressort. Alfréd était catastrophé : ce genre de choses n'était pas censé arriver à une muse ! Avec son grand cou, ses pattes courtes et ses dents de lapin, le lama ressemblait à tout sauf à un cheval de princesse. Au début, personne n'osa se moquer, c'était la maîtresse quand même. Mais, au bout d'un moment, ce fut impossible de se retenir et toute la classe éclata de rire. Le gamin était mort de honte. À quelques pas de lui, Jean-Pierre Poilvert faisait marrer la galerie en commentant la scène : « Pouah ! Elle sait même pas monter sur un lama, quelle tarte ! J'ai jamais vu une maîtresse aussi cruche ! » Quelque chose commença à bouillir à l'intérieur d'Alfréd. Il devait absolument sortir Mlle Annie de ce mauvais pas ! Quand Jean-Pierre commença à mimer la scène en faisant d'affreuses grimaces, Alfréd sortit de ses gonds : il lui sauta dessus. Poilvert fut tellement surpris qu'il tomba à la renverse. En moins de temps qu'il n'en faut pour le dire, Alfréd se retrouva assis à califourchon sur le ventre de son ennemi, à la manière de Chéri Bibi. Avant que l'autre ait pu faire quoi que ce soit, le gamin mit en application la leçon de vie n° 35 que lui avait apprise son vénérable papi : « Dans une bagarre, faut cogner, ou tirer sur tout c'qui dépasse ! » Il choisit la deuxième solution.

D'une main, il attrapa le nez de Poilvert, et de l'autre, une de ses oreilles. Puis il se mit à lui secouer la tête de gauche à droite en poussant un hurlement féroce. Autour d'eux, les élèves avaient formé un cercle et les encourageaient en criant leurs prénoms. Ça faisait un raffut de tous les diables. Alfréd sentit quelqu'un qui essayait de l'agripper par l'épaule pour le dégager de là. Il ne se laissa pas faire et donna un coup de coude derrière lui, avant d'empoigner Jean-Pierre par les cheveux. Il n'aurait échangé sa place pour rien au monde. Depuis qu'il était à la maternelle, Poilvert le bousculait, le traitait de tous les noms et l'humiliait sans raison. Combien de fois Alfréd lui avait-il réglé son compte devant le miroir de la salle d'eau ? Combien de nuits s'était-il réveillé en plein cauchemar ? Ce qui était en train d'arriver dépassait tous ses rêves. Et alors qu'il écartait les narines en soufflant très fort pour impressionner son rival, il vit, juste devant lui, la bouche tordue de colère de Mlle Annie qui criait :

— Ça suffit Alfréd !!! Arrête ça, sur-le-champ !

***

— Eh ben, en voilà du propre ! s'exclama Odette.

— Auf, faut laisser faire la nature..., répondit Alfred-le-vieux.

— On peut rien cont' ça, ma pauv', c'est l'cycle de la vie ! philosopha Eugène.

Ils étaient tous les trois plantés dans la cour de la ferme à observer Biscotte qui inspectait de sa truffe l'arrière-train des chiots d'Eugène.

— Comment tu les as appelés, au fait ? demanda Odette.

Eugène se racla la gorge :

— Pompi et Dou, en l'honneur de not' bon président, déclara-t-il une main sur le cœur.

Père et fille échangèrent un regard en coin – pourquoi pas, il fallait de tout pour faire un monde. Ils causèrent un peu politique puis ensilage. La discussion s'échauffa quand on aborda la question du code de la route qui, selon Odette, avait dû s'arrêter aux frontières du bourg, tellement ça conduisait mal par ici. Eugène n'était pas d'accord avec elle. Il trouvait que les règles de conduite embrouillaient plus l'esprit qu'autre chose et qu'il valait mieux faire confiance à son instinct… de chasseur. Il prit congé d'eux sur ces bonnes paroles. Son casque orange posé sur le haut du crâne, il rangea les chiots dans les sacoches neuves – chacun la sienne – qu'il venait d'installer sur les côtés de son porte-bagage. Alors que l'engin quittait la cour de la ferme en pétaradant, Odette proposa à son père de venir prendre le goûter chez Agnès.

Agnès les reçut dans sa cuisine avec une table généreusement garnie. Odette dit que le gamin rentrerait sans tarder de l'école et que ça leur laissait le temps de papoter un peu. Elle avait l'air nerveuse, mais le vieux se garda bien de faire une remarque. Il était content de passer un moment en famille. Agnès commença à préparer ses crêpes et la conversation coula tranquillement. Ils se donnèrent des nouvelles du coin. Depuis la commémoration catastrophe, la vie semblait aller au ralenti, comme si tout Saint-Ruffiac marchait sur des œufs. Les filles parlèrent de la mort de Roger et du pauvre Tophile qui devait se sentir terriblement mal.

Alfred était tiraillé, il leur aurait volontiers dit la vérité, mais il avait promis de ne pas trahir le secret de Nini et Prosper. Quand il fut question de Victoire, Alfred eut un pincement au cœur. Il était retourné prendre le thé chez elle et ça s'était plutôt bien passé. Enfin, en apparence. Car ils n'avaient échangé que des banalités. Du coup, toutes les choses qu'ils ne se disaient pas s'étaient mises à flotter entre eux dans la pièce et, à la fin, ils étouffaient. Alfred était désolé. Après ce que lui avait révélé Prosper l'autre jour, il était pourtant regonflé à bloc. Une chose le réconfortait : il avait invité Victoire à dîner la semaine prochaine, en tête à tête. Il avait déjà tout prévu. Il ferait à manger lui-même, servirait du bon vin et lui offrirait la bague, quoi qu'il advienne. Le monde pouvait s'écrouler, elle repartirait avec. Ce bijou était fait pour elle, depuis qu'il l'avait reçu de sa mère.

Agnès fit sauter une crêpe en racontant qu'elle avait croisé Ernestine Corrigou à la boucherie. La situation ne s'arrangeait pas avec Joson. Il ne reconnaissait plus personne…

— C'est amusant et triste en même temps, cette histoire, commenta Odette, en tapotant la toile cirée de ses dix doigts impatients.

Elle n'arrêtait pas de jeter des coups d'œil vers la fenêtre de la cuisine, comme si elle attendait quelqu'un.

— J'vous préviens toutes les deux, dit Alfred, si ça tourne mal pour moi et que j'deviens aussi maboul que Joson, y faudra me mett' un coup d'carabine ou d'mât béni sur le crâne !

Odette ne trouva pas ça marrant et Agnès foira sa crêpe.

Le vieux consulta l'horloge : le gamin était en retard de quinze minutes.

— Bon, lança Agnès à sa sœur qui s'était levée pour aller à la fenêtre, t'as qu'à lui dire main'nant, comme ça on s'ra débarrassé !

— Me dire quoi ? demanda Alfred.

— Toujours les pieds dans l'plat, toi ! rouspéta Odette en direction de sa cadette. Bon, d'accord... Écoute, papa, j'ai rencontré quelqu'un et je voudrais que tu saches qui c'est. Voilà. Il devrait déjà être là, on avait prévu le goûter et tout le tintouin pour ça, mais je sais pas ce qu'il fabrique...

Alfred sourit, c'était donc ça !

— Te fatigue pas, va, dit-il. Je sais qui c'est.

Quand Henri arriva enfin, Alfred et ses filles rigolaient comme des tordus. Il les avait bien eues ! Ça faisait un bail qu'il avait deviné que sa grande avait une relation. Depuis la fête de la pomme, plus exactement, quand Henri s'était fait une moustache en saucisse.

— Ah, v'là l'roi des moustachus ! s'exclama Alfred-le-vieux quand Henri lui donna une poignée de main.

La conversation fut gaie et on s'attaqua volontiers au tas de crêpes fumant. Le p'tit tardait, mais personne ne s'en inquiéta, il devait jouer avec ses copains ou Biscotte. Ils parlaient du fameux appareil photo offert au gamin, avec « Souvenir de Bordeaux » écrit dessus, quand Henri lâcha :

— C'est plus facile avec toi qu'avec mon père... Il fait la gueule depuis le début et il veut pas entendre parler de divorce ! Il est complètement bouché. Et pis maman, elle s'écrase, comme à chaque fois. Je leur ai encore rien dit pour Odette…

Alfred-le-vieux renifla un coup et se tourna vers lui :

— Tu devrais pas juger tes parents trop vite, mon gars, dit-il gravement. Nous aussi, on a eu nos histoires. On a été jeunes avant d'êt' vieux, faudrait pas l'oublier. Alors mollo, quand tu les critiques, tu veux ?

Un silence perplexe s'installa à table. C'est à ce moment que résonnèrent les pas du gamin sur le gravier de l'allée. Il déboula dans la cuisine, le visage plein de larmes et les cheveux en bataille. Comme ils le dévisageaient, il se mit à parler très vite – le cartable et le manteau encore sur le dos – d'un lama, d'un forain aux chicots pourris et d'une bagarre. Alfred-le-vieux ne comprit rien à son charabia. Les autres non plus d'ailleurs. Odette et Henri commencèrent à le bombarder de questions, ce qui n'arrangea rien. Le p'tit s'embrouilla encore plus. Il était tout débraillé, le col de son pull était craqué. Agnès, qui n'avait rien dit jusqu'ici, se leva de sa chaise et s'approcha de son fils. Elle prit son visage entre ses mains :

— C'est à cause de Mlle Annie, tout ça ? lui demanda-t-elle.

***

— Toi ? Lire dans mes pensées ? Et puis quoi encore !

— T'es jaloux, c'est pour ça qu'tu t'énerves !

— Jaloux de toi ? Alors là, ça risque pas…

— Si on en croit le proverbe latin…

— Tu nous emmerdes avec tes latineries, Félicien, sois gentil, ferme-la.

La normale est revenue au bistrot. Depuis que Tophile a promis un coup à boire gratis à ceux qui reviendraient au café, ils ont tous rappliqué. Ils comprennent pas bien le changement d'humeur de mon frère, mais ils vont pas s'en plaindre. Tout le monde est soulagé au fond... L'ambiance est bonne, sauf avec Félicien, qui s'en prend plein la tronche. Il les bassine depuis le début de l'après-midi avec ses salades. Il affirme qu'il est capable de lire dans leurs pensées. Mon œil ! Il a dit à Gégène qu'il devait être en train de penser à sa dette envers le boucher. Eugène, lui, pensait aux sardines à l'huile qu'il allait s'enfiler pour son dîner. Ensuite, Félicien a essayé avec Bébert. Mais il s'est gouré aussi : Bébert ne pensait pas à sa femme mais à Joly Laryday qu'était déprimé depuis que ses chiots avaient été donnés. J'me demande où Félicien va pêcher ses « dons ». Parce qu'il en a plein, si on l'écoute. Par exemple, il s'est proclamé panseur-de-feu. Seulement, il a jamais guéri personne. J'me rappelle la fois où on l'a appelé pour une gamine qu'avait pris un retour de flamme en pleine face. Il paraît que quand il a vu la pauv' fillette avec son visage brûlé qui sentait le cochon grillé il est tombé dans les pommes. Il a fallu le réanimer et tout le bordel. Après il a raconté qu'on l'avait mal compris et que, en fait, il savait soigner les verrues « par » le feu. Mais, ça aussi, c'était faux, parce qu'il a pas été foutu de faire disparaître la verrue sur le nez à la veuve Tricot. Elle est pas riche, Didile, pourtant, à une époque, elle lui a donné des piécettes pour qu'il s'en occupe (j'le sais, le marché a été conclu sous ma niche). Après plusieurs essais miteux, ce vieux menteur a décrété que ça marchait pas parce que sa verrue était ensorcelée et qu'il fallait être au moins un druide de niveau cinq pour la soigner, ce qui équivalait quasiment à un niveau pape. Quelle enflure, quand j'y pense ! Le pire, c'est que Didile l'a cru. À cause du pape, sans doute... Moi, j'crois surtout que Félicien a le don d'emmerder le monde ! Tiens, le v'là justement qui s'approche d'Alfred-le-vieux.

— Bouge pas, qu'il dit, j'vais lire en toi.

Alfred est pas emballé pour un sou, mais Félicien se met quand même au boulot. Il s'assoit en face de lui et ferme à moitié les yeux, en prenant un air de possédé. Alfred est bien obligé d'attendre le verdict.

— Je sais, murmure enfin Félicien en rouvrant les paupières, t'es en train de penser à... un bijou. Hum... attends voir, c'est une bague. Dans une petite boîte... rouge et dorée... Alors ?

Alfred-le-vieux lui répond pas. Il est blanc comme un linge.

***

Alfréd fixait le bout usé de ses chaussures. Il n'osait pas lever la tête vers sa mère, assise à côté de lui. La maîtresse les avait convoqués jeudi matin à l'école, avant que la classe commence. Le gamin se demandait comment Agnès réagirait dans le bureau tout à l'heure. Il avait peur qu'elle le gronde devant l'institutrice. Elle n'était pas dans un bon jour. Depuis le réveil, elle avait déjà fumé cinq Gauloises. Ça se voyait que ça la démangeait d'en attraper une nouvelle dans son sac, mais comme ils étaient dans le couloir à attendre que la maîtresse les fasse entrer, elle ne pouvait pas trop. Agnès avait ordonné à Alfréd de mettre sa plus belle chemisette avec un nouveau pull qu'elle avait sorti d'on ne sait où. D'habitude, elle ne se souciait pas de sa tenue. Il n'était pas sûr que ce soit bon signe. On entendit des pas derrière la porte, Mlle Annie allait apparaître d'une minute à l'autre. Le cœur du gamin se mit à battre très fort : il n'oserait plus la regarder en face. Plutôt être privé de bonbons à vie que de la revoir en colère contre lui. Quelle galère ! Il était vraiment dans la panade jusqu'au cou... La porte de la classe s'ouvrit en grand.

— Bonjour, vous êtes la maman d'Alfréd, je suppose ? demanda la maîtresse avec un grand sourire.

— Oui, c'est moi. Pourquoi ? Y a un problème ?

— Mais pas du tout, madame Le Bossenec, répondit l'institutrice en lui tendant la main. Enchantée de faire votre connaissance.

Agnès ne bougea pas d'un pouce. Le gamin se mit à suer à grosses gouttes. Si sa mère ne faisait pas un geste tout de suite, maintenant, il allait se transformer en flaque d'eau. Il lui jeta un coup d'œil désespéré. Elle finit par secouer la main de Mlle Le Tartonnec comme un vieille chiffonnette.

— Je vous en prie, entrez, dit la maîtresse avec le visage crispé. Les autres ne devraient pas tarder...

— Les autres ? s'exclama Alfréd.

Le gamin n'avait pas prévu que son ennemi juré serait là aussi, et encore moins accompagné de son père. Le père Poilvert était connu pour chercher la castagne dans toutes les fêtes du canton. Les gens râlaient après lui parce qu'il traversait le bourg, à fond sur sa moto, et ça faisait un boucan d'enfer. Été comme hiver, il portait un pantalon et un blouson en cuir. On racontait qu'il tapait sur sa femme et ses enfants. Quand le père Poilvert arriva, Alfréd retint sa respiration : c'est vrai qu'il foutait carrément les jetons ! Jean-Pierre se tenait tout penaud, à côté de lui. Son nez était encore gonflé et sa joue droite toute rouge. Mlle Le Tartonnec les installa autour d'une table. Elle, elle resta debout.

— Bien. Je vous ai demandé de venir ce matin au sujet d'un fâcheux incident – sa voix tremblait un peu. Alfréd et Jean-Pierre ici présents se sont battus dans la cour de l'école. Je souhaiterais en éclaircir les causes.

Elle se tourna vers Alfréd :

— Peut-être veux-tu commencer par nous donner ton point de vue ?

Le gamin avait la gorge aussi sèche qu'une couleuvre crevée en plein soleil. Quoi qu'il dise, il se ferait punir. Tout était fichu. Mlle Annie ne l'aimerait jamais.

— J'vais vous dire, moi, c'qui s'est passé, dit alors Agnès en se mettant debout. Mon gars, il est tombé amoureux d'vous depuis le premier jour. Pas besoin d'un dessin, ça s'voit comme un éléphant au milieu d'la figure. Il s'est mis à faire des tas d'efforts pour vous plaire. J'sais pas si vous vous rendez compte, mais il a réussi à avoir la moyenne en calcul, alors qu'on est nul dans la famille ! Rin qu'pour vous ! Il s'est démené, ça, j'peux vous l'garantir. C'est un bosseur, au cas où vous l'aurez pas r'marqué. Il préfère bouquiner et réviser ses leçons plutôt que de r'garder la télé, comme tout l'monde. Le soir, il lit le dico. C'est pas *esseptionnel*, ça ? Et pis, c'est pas tout : il a arrêté d'bouffer comme quatre, d'un jour à l'autre ! Si, si, on croirait pas comme ça, mais il a fait une diète. Et zou ! Finites les pommes de terre au beurre du dimanche ! Passé à la trappe, l'atelier pâtisserie du mercredi ! Ça vous en bouche un coin, nan ? Si ça, c'est pas un exemple de volonté, j'veux bien êt' pendue ! Et j'vous parle pas de France Gall avec ses sucettes à l'anis qui braille à la maison ! Bref, tout ça pour dire que vous avez intérêt à bien traiter mon Alfréd, sinon…

— Oooh, elle va s'calmer, celle-ci ! la coupa le père Poilvert. C'est pas pour ça qu'on est là ! Vot' mioche, il s'en est pris au mien, c'est vrai ou c'est pas faux ?

— Toi, ta gueule ! lui lança Agnès sans se démonter. J'ai pas d'leçons à recevoir d'un type qui cogne sur son gosse ! Parce que le nez j'veux bien, mais la joue rouge, c'est pas mon Alfréd qui lui a fait ça ! Si tu veux tout savoir, ton môme, il fait chier le mien depuis qu'il est tout p'tit. Il le traite de tous les noms, il passe son temps à l'emmerder, juste parce qu'il est boudiné. Moi, j'm'en suis pas mêlée, mais là, c'est la goutte d'eau sur l'gâteau ! Ton morveux, il a eu que c'qui méritait. Et pis c'est tout !

Ils étaient tous sur les fesses.

— Viens, mon gars, dit Agnès en prenant une clope de son sac, on a pu rien à faire ici.

La maîtresse n'essaya pas de les retenir. Quand ils quittèrent la salle de classe, elle bégaya quelque chose d'incompréhensible. Quant au père Poilvert, il était scotché à sa chaise.

Alfréd et sa mère traversèrent la cour en silence. Les autres élèves n'allaient pas tarder à arriver. Le gamin ne savait pas trop quoi penser de ce qui venait de se passer. Il s'apprêtait à dire au revoir à Agnès, quand elle lui proposa :

— Ça te dirait des chouquettes ? J'pense que personne t'en voudra si tu loupes l'école aujourd'hui.

***

Alors ça y est… le moment tant attendu était enfin arrivé. Au diable la lâcheté et les idées noires ! Ce soir, il marquerait son retour en beauté auprès de Victoire. Alfred-le-vieux souleva le couvercle de la marmite pour vérifier une énième fois l'état de sa blanquette. Le plat mijotait depuis deux heures. Un délicieux fumet envahit ses narines. Parfait. La table était mise – éclairage aux bougies – et il avait demandé à Biscotte de rester dehors, juste le temps du dîner. Il alluma le transistor, pas trop fort, pour qu'ils puissent s'entendre parler. Car ils auraient beaucoup de choses à se dire. On ne peut pas rattraper le temps perdu, mais on peut arrêter de le laisser filer. C'est mieux que rien.

Il se posta devant le miroir de sa chambre – chemise boutonnée bien rentrée dans le pantalon – et se sentit un peu idiot. Il était peut-être trop vieux pour jouer à ça. Mais il ne voulait pas décevoir Victoire. Dans le reflet de la glace, derrière lui, il vit sa table de nuit. Il alla ouvrir le tiroir, comme si la bague cachée à l'intérieur l'appelait. La boîte rouge avec son liséré doré patientait sagement. Il la prit avec cérémonie et la glissa dans sa poche. Si sa mère l'observait depuis là-haut, il avait plutôt intérêt d'être à la hauteur. Il avait beau avoir soixante-dix ans, il restait son fiston…

Dans la cour, Biscotte aboya. Ça devait être elle.

Quand Victoire entra, elle parut surprise. Les bougies installées sur la table faisaient leur effet. Alfred prit la bouteille qu'elle lui tendait et ils restèrent un moment plantés là, comme si c'était leur premier rendez-vous. Victoire était très élégante, elle portait des brillants aux oreilles et du rouge sur les lèvres. Il voulut lui souffler quelque chose de gentil mais « T'es rud'ment bien décorée » fut tout ce qu'il trouva. Pendant qu'il lui servait son incontournable pâté de lapin accompagné de belles tranches de pain, Victoire prit des nouvelles d'Alfréd (elle avait ouï-dire qu'il avait eu des ennuis à l'école). Alfred lui expliqua, non sans fierté, que son p'tit gars s'était bravement battu à la récré et qu'il avait gagné haut la main, en suivant ses conseils. Agnès s'était chargée de rattraper le coup avec la maîtresse. Il ne savait pas comment elle s'y était prise, mais, d'après elle, « tout le monde s'en était pris plein la tronche ». Puis il fut question d'Odette et d'Henri. À part Titi qui se bornait à ne rien voir, tout le bourg avait remarqué le manège des tourtereaux. Faut dire qu'ils ne se cachaient plus vraiment… À la lumière des bougies, Victoire était plus belle que jamais. Pourtant, Alfred n'arrivait pas à la regarder dans les yeux. Contrairement à ce qu'il s'était imaginé, cette ambiance ne l'aidait pas franchement. Ça donnait un côté romantique à leur souper qui le mettait mal à l'aise. Elle dut s'en apercevoir, car elle lui dit :

— Allez, invite-moi à danser, grand bêta.

Un air connu sortait du transistor, c'était « Mon amant de Saint-Jean ». Il y avait très longtemps de ça, à la fête du village, ils avaient dansé sur cette chanson. Ils étaient jeunes alors. Il avait fait tourner Victoire et ses chaussures à talons avaient décollé bien au-dessus du sol. Elle riait à ne plus pouvoir s'arrêter. Il croyait avoir oublié ce souvenir et voilà qu'il resurgissait soudain de sa mémoire pleine de trous. Alfred se leva et lui tendit la main. Quand il lui enlaça la taille, ses guibolles devinrent toutes molles. Il pouvait jouer les bonshommes autant qu'il voulait, dans les bras de Victoire, il ne valait pas plus qu'un bout de guimauve.

— Je suis désolé d'avoir tout gâché, lui murmura-t-il à l'oreille.

C'était sorti tout seul. Une phrase, si courte, qui portait des années de regrets sur son dos. Victoire arrêta de danser.

— On est vieux, maintenant, mon Alfred, dit-elle. On n'a pu l'âge de faire semblant… Je te connais par cœur, je sais que ça fait des mois que tu te ronges le sang à propos du père de Thérèse. Pourquoi tu m'as pas demandé ?

La foudre serait tombée sur lui, qu'il n'aurait pas été plus sonné.

— C'est vrai que j'y pense tout l'temps…, admit-il. J'ai été trop froussard pour te poser la question…

Il rassembla son courage :

— Avant que tu m'le dises, j'ai quéque chose à te donner. Ça excusera pas mon attitude, mais ça te f'ra du bien au cœur. Enfin, j'espère.

Il mit un genou à terre et fourra la main dans sa poche. La boîte était là, sous ses doigts. Il prit une grande inspiration et releva la tête. Il découvrit alors le visage de Victoire crispé en une terrible grimace de douleur. Elle posa une main sur sa poitrine et tituba jusqu'à la table pour s'y appuyer. Alfred eut à peine le temps de réagir que, déjà, elle s'effondrait sur le sol.

Il se précipita vers elle et la prit dans ses bras. Elle suffoquait.

— Victoire ! Victoire ! Qu'est-ce qui t'arrive ?

Il la serra contre lui, impuissant, et ils échangèrent un regard rempli de toute une vie. Puis le corps de Victoire se relâcha contre le sien. Elle ne bougeait plus. Ses yeux grands ouverts fixaient Alfred sans le voir.

Ils avaient exactement la même couleur que la pierre de la bague. Vert clair.

***

Chapitre 12

L'amour est aveugle, sourd, manchot et… quasi chauve !

Le cimetière était plein de courants d'air et de nez qui coulaient. Alfréd essuya discrètement le sien avec la manche de son anorak et jeta un coup d'œil autour de lui. Les visages étaient maussades. Surtout celui de son grand-père. Sur le trajet pour aller à l'enterrement, son papi n'avait pas lâché un mot. Maintenant, ils étaient côte à côte devant un grand trou où on descendait le cercueil de Victoire. C'est son grand-père lui-même qui l'avait fabriqué. Trois jours entiers enfermé dans son atelier à travailler dessus. Sur le bord du couvercle, gravé en tout petit, il y avait écrit : « À mon amour de toujours ». C'était un secret. Alfred-le-vieux avait fait promettre au gamin de n'en parler à personne. Alfréd sentit son cœur se serrer. Thérèse s'approcha du trou. Elle jeta une poignée de terre dedans. Ses yeux étaient secs, pourtant on aurait dit qu'elle pleurait. Un peu plus tôt, à l'église, elle avait fait un beau discours. Elle avait raconté des choses qui avaient remué tout le monde.

On ne voyait plus le cercueil à présent et le vent sifflait dans les oreilles. Les gens commencèrent à former de petits groupes qui parlaient tout bas. L'ambiance n'était pas à la fête et chacun allait vite retourner chez soi pour se réchauffer. Les copains avaient entouré son grand-père et lui disaient des trucs gentils. On voyait bien qu'il ne les écoutait pas. Il avait l'air seul au monde. Alfréd hésita quelques instants – il ne savait pas trop s'il avait le droit de faire ça – puis se faufila jusqu'à son papi. Il le prit par la main et l'emmena à l'écart. Ils marchèrent jusqu'à la tombe de Madeleine et s'assirent dessus. Il y eut un long silence, puis son grand-père déclara :

— Tu sais c'qui me rend le plus triste, mon gars ? J'devrais sans doute pas te dire ça, mais tant pis : c'est de pas être enterré près d'Victoire. Figure-toi qu'ma place est déjà réservée à côté d'Madeleine, là-d'ssous…

Il tapota la pierre sur laquelle ils étaient installés et secoua la tête.

— Arf, ça s'passe pas toujours comme on voudrait…, souffla-t-il. Heureusement, y en a qui s'débrouillent mieux qu'd'autres ! J'pense à mon père, ton arrière-grand-père, si tu préfères. Un jour, il est venu m'voir et y m'a dit : « C'est une belle journée, fiston. On a acheté une jolie p'tite maison avec ta mère ! » En fait, il parlait de leur caveau. C'est la seule maison qu'ils ont pu s'acheter. C'était sa fierté, pour l'éternité.

Alfred-le-vieux se moucha un coup puis ébouriffa les cheveux du gamin :

— Allez, c'est des histoires de vieux, tout ça, oublie. T'y penseras bien assez tôt, va… Vaut mieux en rire. En tout cas, c'est ce qu'aurait préféré Victoire.

Le p'tit repensa à tout à l'heure, quand ils étaient sortis de l'église. Posé en évidence sur le toit du corbillard, il y avait un pichet de Ricard. On ne voyait que ça, vu qu'il était jaune. Tophile avait eu un souci avec le moteur et dû courir au bistrot pour chercher de la flotte.

Alfréd se demanda si Victoire aurait trouvé ça drôle.

« Ange » et « frange », ça rimait vachement bien ensemble. Le gamin fit claquer sa langue, il était très content du résultat. Les rimes en « -ette » lui avaient donné plus de fil à retordre. Il avait longuement hésité entre « paupiette », « blondinette », « buvette » et « pompette » et s'était finalement décidé pour « gouillette » et « baguette », plus classique, mais plus sûr. La maîtresse apprécierait son cadeau, sans aucun doute. Alfréd posa sur son bureau la feuille de papier avec son poème recopié au propre puis se fourra sous ses couvertures. Brrr, qu'est-ce qu'il faisait froid ! C'était la fin décembre, bientôt les vacances de Noël. Vendredi soir, Mlle Annie leur avait annoncé qu'elle ne reviendrait pas à la rentrée de janvier : Mlle Morvan reprenait son poste. Il y avait eu beaucoup de « Oh non ! » et « Partez pas, maîtresse ! » dans la classe. Alfréd, lui, était resté silencieux. Il avait de la peine, mais pas autant qu'il l'aurait imaginé. Avec tout ce qui s'était passé ces derniers temps, la situation avait pas mal changé pour lui. Depuis sa bagarre contre Poilvert, il était devenu un héros. Les filles lui offraient des dessins et les gars lui demandaient des conseils pour se battre. Patrick avait décrété qu'il était son meilleur copain – alors qu'en vrai, c'étaient les jumeaux –, du coup, ça faisait des jalouseries. Jean-Pierre ne l'embêtait plus, mieux encore, il n'osait plus s'approcher de lui. C'était incroyable ! Quant à Mlle Annie, elle avait redoublé de gentillesse avec lui. Pourtant, ce n'était plus comme avant. Il la trouvait moins – comment dire ? – *parfaite*. Peut-être que de l'avoir vue à califourchon sur un lama au milieu de la cour puis engueulée comme du poisson pourri par Agnès y était pour quelque chose…

Alfréd avait tranché : il offrirait son poème à Mlle Annie en guise d'adieu *et* de cadeau d'anniversaire. Quant à la danseuse-baromètre, il la rendrait au magasin, ça n'était pas la peine d'en faire trop.

Il éteignit sa lampe de chevet. Il était fatigué. Demain, lundi, il y aurait école. La fin de semaine avait été difficile. Ils avaient enterré Victoire samedi. Elle était morte dans les bras de son papi. Il n'avait pas réussi à la sauver. Tata Odette avait expliqué que, de toute façon, on ne pouvait pas grand-chose contre un arrêt cardiaque. Victoire était fragile du cœur, ce n'était pas sa première attaque. Mais son grand-père s'en voulait quand même. Alfréd se faisait du souci pour lui. Il ne l'avait jamais vu si malheureux…

Il sortit de son lit et se dirigea à tâtons vers la fenêtre de sa chambre. Il grimpa sur son bureau et ouvrit les volets, en prenant garde de ne pas faire trop de bruit. L'air glacé du dehors lui coupa la respiration. Dans la maison d'en face, il vit de la lumière. C'était l'ampoule de la cuisine. Alfred-le-vieux devait être assis là. Il n'avait voulu de personne pour lui tenir compagnie ce soir.

Ça faisait un point jaune, tout seul, dans la nuit noire.

***

Eh ben, ça alors, pour une première, c'est une première ! Y a qu'des bonnes femmes au bistrot. C'est l'monde qui marche à l'envers ! Marthe a foutu les bonshommes dehors, Tophile y compris. Elle a décrété que, cet après-midi, le café était réservé à ces dames. Elles veulent rendre hommage à Victoire. À leur manière. Elles savent que leur amie aurait voulu quelque chose de joyeux. Parce que, Victoire, les enterrements, elle trouvait ça emmerdant et elle préférait boire à la santé du mort plutôt qu'à sa perte.

Quelle calamité qu'tu sois pu des nôtres, Victoire... Il paraît que t'es morte dans les bras d'Alfred-le-vieux. C'est triste, mais c'est justice. Tu pouvais pas êt' mieux que là. Et je l'pense du fond du cœur...

Marthe a servi une tournée générale de trouspignôle. Elle lève son verre :

— À Victoire !

— À Victoire ! elles répètent toutes.

— Elle va nous manquer... C'était la pu belle, soupire Nénette.

— Ça, c'est sûr ! s'exclame la femme de Bébert. Et pis, c'était la pu marrante du lot aussi !

— Oooh que oui ! dit Marthe en se resservant un verre. Vous vous souvenez d'la fois où elle était à court de laque pour aller au mariage des Kerandec ?

— Ahahah ! Comme si que c'était hier ! rigole Ernestine. Elle avait mis de l'eau et du sucre sur son chignon pour qu'il bouge pas. Le chignon a tenu le coup ; la bonne femme, nettement moins ! Elle s'est fait attaquer toute la journée par des guêpes ! Ça a eu l'mérite d'animer le mariage qu'était chiant comme tout...

— Quelle vedette !

— Dommage qu'elle a pas eu de chance en amour...

— Ça, c'est sûr... Le pauv' Alfred est en miettes. Y sort pu d'chez lui.

— J'crois que quand on aime quelqu'un, faut l'dire. Sinon, on l'regrette pour toute la vie... et p'têt même celle d'après.

— Te v'là bien philosophe, ma Nini... Mais t'as pas tort. Quel gâchis ! Ils étaient faits l'un pour l'autre. Heureusement qu'ils se sont retrouvés vers la fin.

Nénette commence à chantonner :

« L'amour est un bouquet de violettes.
Ce soir, cueillons, cueillons ces fleurettes.
Car, au fond de mon âme,
Il n'est qu'une femme.
C'est toi qui seras toujours
Mon seul amour. »

— C'est bien beau tout ça, mais j'suis pas sûre que Luis Mariano, il savait de quoi il causait. Parce que l'amour, ça sent pas toujours la violette ! lance la femme de Bébert. Faut s'rendre à l'évidence les filles : l'amour est aveugle.

— Sourd !

— Manchot !

— ... Et quasi chauve !

— Faut ty êt gnangnan pour tomber amoureux ! Rin d'bon là-d'dans. Même pas les restes ! grogne la veuve Tricot (elle a mis un fichu sale sur ses ch'veux aujourd'hui, on se demande pourquoi).

— T'as raison, Didile. Courir le guilledou, conter fleurette, c'est bon pour les chansons, se plaint

Ernestine. Dans la vraie vie, c'est une aut' histoire. C'est pas facile de rester romantique avec les années qui passent...

La veuve Tricot se racle la gorge :

— J'en connais une, elle était tellement pas romantique qu'elle disait à son mari, le soir, en relevant son cotillon : « Vas-y, Henri, tape dans la motte ! »

La réplique de Didile fait rire la galerie, même Marthe qui l'aime pourtant pas beaucoup. Aujourd'hui, pour Victoire, elles forment un clan uni. Ça leur réussit bien. Elles ont toutes les joues roses.

***

— Ben alors, papi, t'ouvres pas tes paquets ?

Alfred-le-vieux sursauta sur sa chaise : campé devant lui, son p'tit gars était rouge d'excitation. Il faisait chaud dans la salle, Agnès faisait tourner sa cheminée à plein régime. Du papier cadeau était éparpillé sous le sapin et les restes du festin de Noël traînaient sur la table. Assises côte à côte sur la banquette, Agnès et Odette pouffaient. C'était une belle soirée, mais le vieux avait la tête ailleurs. Voilà déjà un mois que Victoire était morte. Tout lui rappelait sa présence. Il n'avait plus d'appétit, ni d'entrain. C'était pas la joie à la ferme, même Biscotte ne souriait plus, comme s'il avait compris que quelque chose ne tournait pas rond. Alfred avait l'impression qu'on avait creusé un grand trou, qui ne serait jamais rebouché, dans sa vie. Il fit signe au gamin de s'asseoir près de lui. Le gosse avait encore poussé. Avec sa nouvelle chemise offerte par tata Odette, il ressemblait à un petit homme.

— Pardonne-moi, mon gars, j'suis pas bien marrant ces derniers temps.

— T'inquiète pas, vénérable papi, j'suis plus un gamin, maintenant. J'peux comprendre des tas de trucs, répondit Alfréd avec sérieux.

— C'est vrai que t'es plus tout à fait un mioche… Dis-moi, comment ça va avec Mlle Annie ?

— Elle est partie…

— Quoi ?

— Ben, j'voulais pas t'embêter avec ça, t'avais autre chose à penser. Mais Mlle Morvan va revenir de sa cure à la rentrée de janvier, alors…

— J'suis désolé, mon bonhomme ! Si j'aurais su, j't'aurais d'mandé plus tôt !

— T'en fais pas. Entre la maîtresse et moi, c'était fini de toute façon.

— Comment ça ?

— Auf, tu sais, j'me suis fait une raison. Cette fille-là, elle était pas pour moi. Et puis, elle était trop vieille pour mon âge.

Le vieux s'empêcha de sourire. Voilà un moment que ça ne lui était pas arrivé.

— Au début, j'l'aimais de tous les bouts… Elle m'avait touché-coulé.

— Elle t'avait, quoi ?

— Touché-coulé, c'est un nouveau jeu de bataille navale que Patrick a eu par son père.

— Donc… t'es pas triste ?

— Non, non, papi, c'est la vie. Et puis… j'dois t'avouer un truc.

— Tchi don ?

— Ben, j'aime pas les bonbons à l'anis en fait… J'en mangeais juste par amour.

Le vieux sourit. Ce gosse, c'était une merveille.

— Ah, mon p'tit gars, qu'est-ce qu'on f'rait pas, par amour ! Au fait, tu lui as offert ta danseuse qui change de couleur ?

— J'me suis dit que ça serait trop, finalement. Par cont', j'lui ai écrit un poème. Tu veux le voir ?

Alfred avait à peine répondu oui que le gamin avait déjà fait l'allcr-retour dans sa chambre. Il lui tendit une feuille légèrement raturée.

— C'est pas la version au propre, mais c'est le texte final.

Le vieux dut plisser les yeux pour déchiffrer l'écriture en pattes de mouche.

Elle est d'une beauté,
que personne ne pourra la ~~résisté.~~ résister.
Elle sent le sucré,
Qu'on pourrait la manger.
Ses cheveux sont dorés,
comme une ~~tartelette~~ baguette
de chez Gouillette.
Elle ressemble à un ange,
~~Qu'il~~ Qui aurait une frange.
Devinez c'est qui ?
C'est Annie.
Alfréd

Le vieux poussa un sifflement d'admiration. C'était très réussi, il n'aurait pas fait mieux.

— Ben alors, on fait des cachotteries ? demanda Odette en essayant de voir la feuille.

Alfréd la replia aussitôt. C'était un secret entre hommes.

— J'ai une idée, dit soudain Agnès. Et si on chantait ?

Elle s'empara d'un vinyle, sans leur montrer la pochette, et le plaça sur le tourne-disque. Quand la musique envahit la pièce, elle se mit à brailler de tous ses poumons : « Annie aime les sucettes, les sucettes à l'anis. » Alfred-le-vieux jeta un coup d'œil à son p'tit gars : celui-ci ouvrait de grands yeux ahuris. Tout en continuant de chanter, Agnès s'approcha du gamin et le prit par les épaules. Quelques secondes plus tard, mère et fils chantaient à tue-tête en gesticulant comme des zouaves au beau milieu de la salle.

***

Chantal n'avait pas la télé chez elle. Du coup, pour avoir l'air moins bête à la récré, elle inventait l'histoire des films qu'elle n'avait pas vus. Jusqu'ici sa combine marchait à peu près. Quand elle faisait une bourde, elle s'en sortait par une pirouette : « Ah ben, j'étais aux toilettes à ce moment-là du film… » ou : « Bien sûr que si, il meurt à la fin ! C'est juste que t'as dû voir la version pour enfants, celle qui fait moins peur. Moi, j'ai vu la VRAIE version. » Alfréd avait déjà des soupçons, mais ce matin, il en était sûr : Chantal n'avait *pas* regardé *Fantômas* à la télé mardi soir. La scène de la grue et de l'hélicoptère ne lui disait rien, par contre elle s'était lancée dans l'explication d'une bagarre sur la tour Eiffel que personne ne connaissait. Le gamin se demandait pourquoi elle s'obstinait comme ça. Tout le monde finirait par s'en rendre compte… La cloche sonna la fin de la récré. Les élèves se rassemblèrent sous le préau. Mlle Morvan les fit entrer dans la classe et leur annonça une dictée surprise. Ça protesta de tous les côtés. L'institutrice ne voulut rien savoir. Ils se munirent d'une feuille blanche et firent silence. Debout sur l'estrade, la maîtresse commença à leur lire le texte. Depuis sa place, Alfréd l'observait en coin. « La taupe » – c'était son surnom à cause des yeux minuscules que lui faisaient ses grosses lunettes grises – n'avait pas changé d'un pouce : queue-de-cheval basse et jupe à carreaux droite qui lui coinçait les genoux quand elle marchait. Personne ne savait pourquoi au juste elle avait été absente si longtemps. Le gamin avait entendu la boulangère parler à Agnès de « cure » et de « dépression nerveuse ». Mme Gouillette avait baissé la voix pour le lui dire, mais Alfréd avait eu l'impression qu'elle espérait que les dames autour entendraient. Ce qui n'avait pas loupé, car les clientes s'étaient mises à faire un tas de commentaires pendant que la boulangère souriait en coin.

— Alfréd Le Bossenec ! Gober les mouches n'a jamais aidé à obtenir un dix sur dix en dictée ! gronda la maîtresse en tirant sur son oreille.

Le gamin se redressa sur sa chaise et reprit le cours de la dictée pendant que ça chahutait au fond de la classe. Il regretta de ne pas être avec ses copains, tout derrière. Maintenant que Mlle Le Tartonnec était partie, il n'avait plus rien à faire au premier rang (heureusement qu'il y avait Chantal). Mlle Morvan était plus sévère que Mlle Annie et surtout beaucoup moins jolie, mais il s'en accommodait. Après tout, ça lui facilitait la vie. Il pouvait répondre aux questions sans rougir et n'était plus obligé de cacher ses mains sous son pupitre à cause de ses pulls trop courts aux manches. Comme il l'avait expliqué à son papi : *il était passé à autre chose.* Son grand-père ne semblait pas s'en sortir aussi bien que lui. Il se traînait comme un vieil escargot qui aurait perdu sa coquille et restait assis à longueur de journée sur le banc derrière chez lui, en plein froid, à regarder son potager (vide, vu qu'on était en plein hiver). Tata Odette et sa mère étaient inquiètes. Il n'allait même plus trop au bistrot…

L'après-midi passa vite, c'était récitation de poèmes. Comme la plupart des élèves se trompaient de mots ou oubliaient la moitié de leur poésie, l'ambiance était à la rigolade. À cinq heures, ils quittèrent la classe comme des flèches. Alfréd fut surpris de voir Agnès derrière le portail de l'école. Elle était passée le prendre en sortant de l'usine, ça n'arrivait pas souvent :

— Ça t'dirait d'aller au cinoche sam'di soir ? lui demanda-t-elle alors qu'ils rejoignaient la voiture.

— Oh oui alors ! s'écria Alfréd.

— J'ai eu trois places avec Ker Viande. Tu peux même emm'ner un copain si tu veux !

— Hourraaa !

Quand ils démarrèrent, Chantal cria « Au revoir ! » à Alfréd en faisant de grands mouvements avec les bras. Il lui répondit par un signe de tête vite fait. C'était gênant, quand même.

Et pourquoi pas proposer à Chantal de les accompagner au cinéma samedi soir ? Pour une fois, elle pourrait raconter un film pour de vrai. Alfréd se demandait comment expliquer à sa mère qu'il voulait emmener une fille avec eux. Quand elle lui en reparla le lendemain, il n'avait pas eu le temps de peaufiner sa réponse, il s'embarqua donc dans une explication assez bancale, comme quoi, il avait posé la question à TOUS ses copains, mais qu'aucun ne pouvait et que, au final, il ne restait qu'UNE seule personne dans sa classe qui était libre samedi, une seule, tu te rends compte ? Mais pas de chance, c'était une fille. Elle pourrait peut-être quand même faire l'affaire, ça serait dommage de perdre une place, et puis le partage, c'était sacré, le curé l'avait dit à la messe et si c'était dans la Bible, ça pouvait pas être complètement faux, en tout cas, ça valait le coup d'essayer. Bref…

— Est-ce que Chantal pourrait venir avec nous ?

Agnès lui fit un clin d'œil. Depuis quelque temps, il avait l'impression que sa mère le comprenait mieux qu'il ne se comprenait lui-même.

Ils passèrent donc chercher Chantal chez elle. Elle était excitée comme une puce. Ils allaient voir *Rabbi Jacob* avec Louis de Funès, ça promettait d'être drôle ! Agnès acheta du chocolat à la dame qui passait dans les allées du cinéma, avec un grand panier plat en osier autour du cou. Ils adorèrent le film. Sur le chemin du retour, on ne les arrêtait plus : et t'as vu quand Victor Pivert tombe dans une marmite et qu'il en ressort tout vert ? Et quand il roule à fond dans sa DS avec un bateau sur le toit ? Et quand il fonce en mobylette dans le métro ? Et quand, et quand. Chantal riait encore en descendant de leur voiture.

En rentrant, Alfréd et Agnès s'assirent un peu dans la cuisine, histoire de se remettre de leurs émotions. Le gamin leur prépara deux épaisses tartines de confiture :

— Tu sais, maman, j'ai trouvé ça vraiment chouette… de sortir au cinéma avec toi.

Agnès haussa les épaules.

— Auf, c'est rien, tu sais, c'est Ker Viande qu'a régalé !

— J'voulais te dire aussi, par rapport à l'aut' fois, à l'école, quand tu m'as défendu. Ben, t'as vraiment été super… Alors, merci.

Il y eut un silence. Alfréd se demanda s'il avait bien fait de lui dire ça.

— Tu m'fais de plus en plus penser à lui, murmura alors sa mère. Toujours gentil, gai comme un pinson. Et pis souriant avec ça.

— Mais de qui qu'tu parles, maman ?

— De ton paternel.

Alfréd retint sa respiration. Sa mère ne parlait *jamais* de son père et, quand elle le faisait, il n'avait pas intérêt à l'interroger. Son père était parti quand Agnès était enceinte, parce qu'elle n'avait pas voulu arrêter de picoler.

— Tu sais, ton père, c'était un bon gars, poursuivit-elle. Y en avait d'aut' qui m'tournaient autour, mais c'est celui vers lequel j'étais l'plus intéressée. S'il s'est barré, c'est à cause de moi. J'avais qu'à pas continuer de pitancher* en cachette. La veille qu'il est parti pour de bon, il a posé sa main sur mon gros ventre et il m'a dit : « Si tu dois réussir une chose dans ta vie Agnès, c'est bien ça… » J'y pense à chaque coup que j'te r'garde, mon p'tit saucisson.

Les yeux d'Alfréd se mirent à le piquer. Ça faisait

* Boire.

beaucoup d'un coup. Agnès renifla bruyamment. Il ne l'avait jamais vue pleurer sans avoir bu.

— Donne-moi mon tire-jus, dit-elle.

Le gamin alla fouiller dans la poche de son tablier de cuisine et en ressortit un mouchoir en tissu roulé en boule. Lorsqu'il le lui tendit, elle lui prit la main.

***

Chapitre 13

Ça m'a touché qu'elle a fait ce geste

Tournoi de belote, aujourd'hui. Avant de se lancer, les gars se mettent en jambe avec un verre de trouspignôle.

— J'vais prend' une p'tite Suze, moi ! dit Félicien à Tophile.

— Et pourquoi tu prendrais pas d'la trouspignôle, comme tout l'monde ? demande Titi d'un air méfiant.

— Occupe-toi don d'ton verre ! C'est pas parce que, pour une fois, j'en prends pas, que ça fait d'moi un traître !

— Mouais, on en a viré d'ici pour moins qu'ça, grommelle Bébert.

— T'es d'la Gestapo, toi, ou quoi ? J'ai quand même le droit de picoler c'que j'veux, bon sang ! Et puis la trouspignôle, ça finit par vous bouffer le cerveau !

— Quoi ???

Les gars sont pas contents. Une trouspignôle avant le tournoi, c'est la tradition. Personne n'y coupe. Alors, quand y en a un qui veut pas rentrer dans les rangs, forcément, ça agace.

— Mais si, s'obstine Félicien, j'vous jure que la trouspi, ça peut être dangereux ! Y a un vieux gars du côté de Pléboulle qu'en a trop bu et qu'est d'venu enragé ! Le type vit chez sa mère. La pauv', elle est pas bien vaillante, elle a déjà un pied dans la tombe et crache des glaires gros comme mon poing. Bref, quand le gars est rentré à la maison dans la nuit, elle avait fermé à clef. Eh ben, y s'est pas démonté : il a pris la tronçonneuse accrochée à l'arrière de sa mob' et il a découpé la porte ! Après, y s'est attaqué aux pieds de la table de la cuisine. Et comme si ça suffisait pas, il a aussi tronçonné ceux du lit de sa mère qu'était couchée dedans !

— Mais n'importe quoi ! Quel menteur !

— Juré sur la sainte croix qu'c'est vrai ! proteste Félicien en se signant. J'le sais, parce que c'est moi qui l'ai fourni en trouspignôle !

— Nom de Dieu ! crie Titi en se levant, imité aussitôt par Bébert et Marcellin. Tu fais du trafic de trouspignôle, toi, main'nant ?

— Oh, oh, tout doux, les gars..., dit Félicien, les oreilles basses. J'aurais pas dû, j'sais bien.

— Judas ! lance la veuve Tricot depuis sa table. Une claque sur ton pissou, c'est tout c'que tu mérites !

— Oh, ça va, toi, hein, vieille harpie ! s'emporte Félicien. T'es bonne qu'à insulter les autres !

— On se calme, les coupe Tophile en faisant sa grosse voix. Y a pas d'Judas dans mon bistrot. Ni de harpie. Par contre y a des règles, et on les respecte : pas de trouspignôle en dehors du canton. C'est compris, Félicien ?

— Oui, chef, murmure Félicien.

— Alors, qu'est-ce tu vas boire, du coup ? lui demande Tophile.

— Ben, une trouspignôle..., s'écrase Félicien. Puis il ajoute : Bibere humanus est, ergo bibamus *(boire est humain donc buvons !).*

Les copains lèvent leur verre. Pour une fois que Félicien sort un truc intelligent !

— N'empêche, il en manque un autour de cette table, regrette Eugène.

Les verres retombent d'un coup, et la bonne humeur aussi.

— C'est compréhensif que not' Alfred soille malheureux..., poursuit-il, mais malgré qu'il a d'la peine, on peut pas le laisser comme ça. J'vais aller lui rend' visite ce tantôt. Y m'a renvoyé plusieurs fois, mais ça peut pas continuer !

Les gars sont d'accord, Tophile donne une tape dans le dos de Gégène. Il a raison. Faut pas laisser un copain dans le besoin.

***

— Besoin d'aide, Alfréd ?

— Non, non, t'inquiète pas, je sais faire !

Le gamin plaça la paire de jumelles en plastique devant ses yeux. Il essaya de repérer Biscotte qui gambadait plus loin sur la place de Saint-Ruffiac. Mais son chien bougeait trop vite. Et surtout, on n'y voyait rien.

— Alors, demanda Chantal, comment tu les trouves ?

Le gamin rendit les jumelles à son amie en haussant les épaules. Il ne voulait pas la décevoir – c'était un cadeau de sa marraine –, mais des jumelles qui faisaient flou, c'était franchement pas terrible.

— On y va ? dit-il.

— C'est parti ! s'exclama Chantal.

Alfréd et Chantal faisaient équipe pour vendre des timbres pour l'école. Ils s'étaient donné rendez-vous samedi matin à la première heure, place de l'église. Depuis leur sortie cinéma, ils passaient plus de temps ensemble. À l'école, les copains ne se moquaient plus de Chantal et évitaient de l'appeler « la binoclarde » devant Alfréd, car ils avaient compris que ça ne le faisait plus rire.

— Comment va ton papi ? demanda Chantal.

— Bof, c'est pas la joie. Je passe le voir tous les soirs après l'école. Je reste pas longtemps, mais maman et tata Odette disent que ça lui fait du bien d'avoir de la compagnie.

— Et vous parlez de quoi ?

— De l'école, de Biscotte, de trucs comme ça… Et puis pas mal de la famille, aussi.

— C'est gentil de faire ça, Alfréd. Il a de la chance, ton papi.

Ils sonnèrent chez Todor Robidou, un marchand de cochons qui avait toujours des crottes de nez pendues dans sa moustache.

— C'est pour quoi ?

— Des timbres, répondit Chantal en lorgnant sa moustache avec un air dégoûté.

— Ça m'intéresse pô.

— Attendez ! s'écria Alfréd alors que Robidou s'apprêtait à fermer la porte. Nos timbres, y sont antituberculose. C'est écrit dessus « Le souffle, c'est la vie » !

— Quoi, ça m'évitera d'attraper la tuberculose si j'en achète ?

— Ben euh, pas vraiment…, bredouilla le gamin.
— Bah alors, c'est faux, vos trucs.
— En vrai, c'est pas faux.
— C'est vrai ou c'est faux ?
— C'est faux, en vrai.
— Oh toi, tu commences à m'plaire ! s'énerva le bonhomme.

Il portait un maillot de corps plein de taches de gras. Il n'était que huit heures, mais ça sentait déjà la friture à l'intérieur.

— Bon, allez, du balai main'nant, les mômes ! J'ai aut' chose à fout' !

— On a d'la visite, Todor ? demanda une voix aiguë derrière lui.

C'était sa femme, en robe de chambre boulochée.

— Oh, comme c'est gentil de passer, les enfants ! s'exclama-t-elle en secouant sa tête pleine de bigoudis. Attendez, vous allez pas repartir le ventre vide !

Quand la porte se referma sur eux, Chantal et Alfréd étaient perplexes. Todor et sa femme ne leur avaient rien acheté, mais ils leur avaient donné une tranche de lard frite dans un bout de papier journal qui jutait.

— Eh ben, ça commence bien ! dit Chantal.

Ils éclatèrent de rire. Elle avait les mains toutes poisseuses. Biscotte les rejoignit en aboyant. Pas besoin de se concerter, ils lui jetèrent le morceau de gras que le chien engloutit aussitôt.

— Allez, au suivant !

Ils eurent plus de chance ensuite. Titi et Nini leur achetèrent deux carnets, Tophile un, et la boulangère leur offrit chacun leur pain au chocolat chaud. Vers la fin de matinée, ils avaient presque tout vendu. Ils terminèrent par Eugène. Celui-ci les accueillit entouré de

Pompi et Dou. Les enfants jouèrent avec eux, mais pas trop longtemps car Biscotte grognait dehors. Au moment de partir, Eugène prit des nouvelles d'Alfred-le-vieux et promit qu'il passerait le voir. Puis il se rappela soudain qu'il avait un petit quelque chose pour le gamin :

— J'sais qu'tu collectionnes les merdouilles de chez Esso. J'ai pensé à toi quand j'suis allé faire de l'essence.

— Hourra ! cria Alfréd.

Il collectionnait en effet des bustes-figurines que sa mère et sa tante lui ramenaient de la station. Après un bon moment de fouille, Eugène finit par retrouver son cadeau sous un tas de vieux journaux. Déception : c'était un buste de Clemenceau. Le gamin le prit quand même, fallait rester poli en toutes circonstances.

En sortant, Alfréd et son amie firent les comptes. Ils avaient bien travaillé, ça suffisait largement pour aujourd'hui. Alfréd trouva ça dommage, il aurait aimé continuer toute la journée. Il allait proposer à Chantal de se revoir après le repas du midi, quand elle lui annonça que son grand frère fêtait ses quatorze ans aujourd'hui et qu'il avait invité plein de copains. En parlant des *copains de son frère*, elle avait eu les yeux qui brillaient d'une drôle de manière.

Alfréd rentra au Camboudin en traînant des pieds. Biscotte l'ignora tout le long du chemin, il lui en voulait d'avoir joué avec Pompi et Dou. Quelle poisse ! Il avait bien choisi son moment pour être jaloux, tiens !

***

Des yeux verts comme des pierreries. Un visage jeune pour toujours. Victoire avait tout d'une grande dame. Si elle était née ailleurs qu'au Camboudin, elle serait devenue chanteuse, ou même actrice, qui sait ? Elle aurait eu du succès à Paris et aurait ébloui la capitale, comme un soleil.

Une goutte de pluie tomba sur le bout du nez d'Alfred-le-vieux. Pour le soleil, il faudrait attendre. Il faisait un froid de canard, même les poules hésitaient à pointer leur bec dehors. Biscotte était sagement assis à côté de lui. C'était un bon chien qui se plaignait pas, même quand il s'emmerdait ferme, comme maintenant. Le vieux avait le cul gelé, collé au banc de son jardin. Le potager était triste à cette période de l'année. En même temps, février, c'était pas la meilleure saison pour bêcher. Il soupira : les copains et le bistrot lui manquaient... la vie d'*avant* la mort de Victoire lui manquait. Une partie de lui, peut-être bien la meilleure, avait été enterrée dans le grand trou de terre où elle reposait. Quand Madeleine était morte, ça lui avait fait un coup, mais c'était pas pareil. Il s'était pas senti aussi seul. Il repensait souvent au dernier regard qu'il avait échangé avec Victoire. Il y avait tout dedans : leurs souvenirs, leurs bêtises, leurs fous rires. Et puis aussi ce qu'ils ne s'étaient pas dit... C'était peut-être ça, le pire.

Alfred savait que le moral reviendrait petit à petit. Seulement, pour le moment, l'hiver était pas prêt de se faire la malle. Ses filles auraient voulu l'aider, mais elles avaient compris qu'il valait mieux le laisser tranquille. Agnès lui cuisinait de bons plats et Odette se faisait discrète à la ferme, pour pas le déranger. Y a qu'avec Alfréd qu'il voulait bien parler. Le p'tit passait le voir tous les jours. Il grandissait, et pas qu'en taille. Le gosse comprenait de plus en plus de choses. Le vieux lui posait pas mal de questions, mine de rien, pour voir. Il faudrait bientôt passer à l'action. Il se laissait encore un peu de temps. Et puis Agnès était pas tout à fait d'accord… Une pluie fine se mit à tomber. Alfred se leva – aïe, ses os étaient tout raides ! – et se dirigea vers la maison, suivi de Biscotte. Il passa par son atelier et s'arrêta devant le cercueil cachant sa réserve de « Fragile ». Après quelques secondes d'hésitation, il choisit une de ses plus vieilles bouteilles. Et puis merde ! Y avait pas de raison de pas fêter ce jour spécial ! Le chien se mit soudain à aboyer : au loin, un bruit de moteur se rapprochait. Le vieux sourit. Il avait jamais été aussi content d'entendre la mobylette d'Eugène.

— Tu croyais quand même pas que j'te laisserais boire tout seul comme un con pour l'anniversaire de Victoire ! dit Eugène en ouvrant grand la porte.

— Tu pourrais au moins toquer avant d'entrer, vieil ivrogne ! répondit Alfred en lui serrant la pogne. Allez, assieds-toi.

— Ah ben, j'arrive au bon moment à c'que j'voille ! s'exclama son ami en prenant la bouteille.

Il siffla.

— Môssieur a pioché dans sa cave secrète, qu'on dirait ! S'pèce de radin, va. T'attends qu'on a l'dos tourné pour siroter ton p'tit lait. Parce qu'à nous, tu sers que d'la piquette à étoiles, juste bonne à assaisonner la volaille, et encore !

Ils levèrent leurs verres à Victoire et dégustèrent en silence.

— Bon, comment qu'tu vas ? demanda Eugène. C'est pas qu'on s'fait du souci avec les copains, mais presque.

— Auf, on fait aller… rien d'exceptionnel…

— C'est tout ?

— Qu'est-ce tu veux que j'te raconte ? J'passe mes journées à rien fout'.

— Ah ben, en voilà du prop' ! Quel tire-au-flanc çui-ci !

— C'est quoi, ça ? demanda Alfred en montrant la main tout éraflée de son ami.

— Ah ça ? Inquiète-toi pas pour moi, rin d'grave, répondit Eugène.

Il fit une courte pause de suspense, avant d'ajouter, tout fier :

— Disons qu't'as un héros d'vant toi !

— Qu'est-ce t'as encore fait ?

— J'ai sauvé la femme du notaire et son bébé !

— Quoi ?

— Dame oui ! Ils ont eu du bol, j'suis arrivé comme un ch'veu sur la soupe ! C'était du côté de la croix du Plessis.

— Connais pas, c'est où, ça ?

— Mais si, tu sais bien, près de chez Gros Jacquot, vers où c'est qu'y a un repaire de *mudistes*.

— De quoi ?

— De *mudistes*. Des gens qui vivent cul nu !

— Comment tu sais ça, toi ?

— Auf, on m'avait raconté qu'y avait un groupe qui s'était installé par là au printemps. Alors j'suis allé jeter un œil en juin. Pis en juillet… et en août aussi… Enfin, j'te f'rai montrer la prochaine fois si tu veux, ça vaut l'détour !

— Mais j'ai pas envie d'voir des hippies qui s'trimballent à poil, moi !

— Rooh, ça va, t'énerve pas, c'était juste pour proposer... Bon, toujours est-il que j'ai rencontré la femme du notaire dans ce coin-là.

— Et qu'est-ce que vous faisiez là ?

— Ben, j'ai un peu suivi sa voiture...

En faisant son tour de mob' habituel, Eugène avait reconnu la voiture de la femme du notaire sur la grand-route. Il l'avait suivie jusque la croix du Plessis. Quand elle était sortie de l'auto avec son môme, une espèce de gros chien errant avait surgi de nulle part. Il s'était mis à courir vers eux en aboyant fort, prêt à les bouffer tout crus. Ni une ni deux, Eugène avait vaillamment foncé sur le molosse avec son bolide. La bête s'était enfuie. Il était un peu tombé en freinant et s'était râpé la main. Heureusement que Pompi et Dou étaient pas dans les sacoches, sinon y en aurait au moins un qui se serait fait écrabouiller. Le petit Jean-Étienne s'était mis à hurler de terreur et la femme du notaire tremblait comme une feuille. Quand Eugène s'était relevé, elle était déjà remontée dans sa bagnole avec le gosse, sur le point de repartir.

— C'est vraiment la dernière des pourritures ! s'exclama Alfred. Faut êt' sans cœur pour te laisser là !

— Attends don, j'ai pas fini ! dit Eugène avec un sourire. Elle a dû changer d'avis, parce qu'elle est r'descendue de son auto pour voir si j'avais rien d'cassé.

— Nan !

— Si ! Et j'peux t'dire que ça m'a touché qu'elle a fait ce geste. Mais y a encore mieux ! Elle s'est excusée de pas avoir été toujours très correcte en mon égard. Et puis ensuite, elle a dit qu'ils allaient quitter Saint-Ruffiac, que la vie ici c'était pas pour eux.

— Et t'as répondu quoi ?

— Que je comprenais, et que le principal c'était que j'la voille une dernière fois. Que toute l'honnorerie avait été pour moi… Avant qu'elle part, j'l'y ai demandé une faveur : de me dire son p'tit nom…

— Alors ?

— Irène…, chuchota Eugène comme si c'était un secret.

Alfred n'en croyait pas ses oreilles. La femme du notaire, lui faire des excuses ! C'était incroyable ! Comme quoi, fallait pas juger trop vite…

Quand Eugène s'en alla, les deux compères n'avaient pas fini la bouteille. Un miracle. Pour une fois qu'ils avaient plus causé que picolé ! Il venait à peine de partir, que ça frappa à la porte.

— Ah ben, c'est un peu tard pour les bonnes manières, mon vieux ! s'exclama Alfred. Qu'est-ce t'as oublié encore ?

— Je peux entrer ? répondit une voix de femme derrière la porte.

Alfred échangea un regard surpris avec Biscotte.

Thérèse avala son verre cul sec et fit une grimace. Le vieux l'observa faire en silence. Il n'était pas très à l'aise. C'était bizarre de se retrouver, seul, avec elle. Au fond, il n'avait jamais vu Thérèse *autrement* que comme la fille de Victoire. Elle s'était toujours un peu fondue dans la tapisserie pour lui. Mais là, c'était pas pareil. Sans sa mère à côté, elle prenait plus de place.

— Tu te demandes sûrement pourquoi je suis venue, commença-t-elle.

— Un peu, oui…

— On est le 19 février. Elle aurait fêté ses soixante-huit ans aujourd'hui. Enfin, je ne t'apprends rien.

Le vieux acquiesça.

— Je sais que tu ne m'aimes pas plus que ça… Ce n'est pas étonnant, vu les circonstances, lâcha-t-elle.

Il voulut l'arrêter, mais elle poursuivit :

— Pas besoin de faire des manières, tu veux ? Je ne suis sans doute pas aussi marrante qu'elle, mais ça ne fait pas de moi une idiote pour autant.

Il y avait comme un truc de coincé dans la gorge d'Alfred. Ça l'aidait pas à parler.

— J'ai quelque chose à te donner.

Thérèse sortit un joli coffret en fer travaillé de son sac, ainsi qu'une clef. Elle les poussa dans sa direction à travers la table.

— Tiens, dit-elle. Victoire craignait que vous n'ayez pas le temps de tout vous dire, alors elle a mis des choses de côté pour toi, au cas où… J'aurais dû te donner tout ça plus tôt, mais je n'y arrivais pas. J'étais trop triste, ou trop en colère. Je ne sais pas, peut-être les deux. J'espère que tu ne m'en voudras pas.

Le vieux fixa le coffret et sa clef sans oser les toucher. Ses mains posées sur ses genoux tremblaient trop.

— Tu trouveras des lettres à l'intérieur… Je crois qu'elles répondront à beaucoup de tes questions…

Il y eut un long silence, puis Alfred murmura :

— Elle me manque.

Les yeux de Thérèse, restés froids jusqu'ici, se remplirent de larmes.

— Je sais que tu crèves d'envie de savoir qui était mon père, dit-elle. Pourquoi tu ne le lui as pas demandé ? Et pourquoi tu ne me le demandes pas, à moi, maintenant que je suis là ? Ça ne t'a pas traversé l'esprit que ma mère m'en avait parlé ? Tu sais Alfred, maman et moi, on était très différentes. Mais ça ne nous empêchait pas de tenir l'une à l'autre. À la fin, elle m'a raconté énormément de choses… Tu as toujours été l'homme de sa vie. Mon père, c'était pour se consoler d'être si seule. Elle a emporté son secret dans la tombe. Au final, elle n'en a parlé qu'à moi, tu te rends compte comme elle a été forte ?

Écoute Alfred, si c'est si important que ça pour toi, je vais te le donner, son nom…

***

Tophile va m'emmener à Gatichet. Il m'a dit : « Il est temps que j'te rende ta liberté, mon Roger. T'es resté assez longtemps ici à écouter nos conneries. Maintenant que j'sais que t'es pas mort à cause de moi, ben ça m'enlève un poids, tu comprends... Ça te fera pas de mal de voir du pays. Tes cendres vol'ront p'têt pas bien loin, mais en tout cas, elles seront pas malheureuses au cimetière de Saint-Ruffiac. Et puis... on finira tous par t'y rejoindre de toute façon ! »

Si j'avais pu, j'l'aurais embrassé ! J'en rêve depuis des lustres, j'pensais pas que Tophile se déciderait un jour... On s'est rapprochés, ces derniers temps. Ça fait plusieurs fois qu'il arrive tôt le matin, pour me causer. Il me raconte plein d'anecdotes de notre enfance. Les hannetons à qui on plantait un brin de paille dans le derrière et qu'on laissait brinder de colère en les*

* Brinder : bruit que fait un insecte.

faisant tourner à toute vitesse, ou bien les crapauds qu'on clouait vivants aux troncs pour les regarder sécher. Qu'est-ce qu'on rigole ! C'est bon de se r'trouver...

Arf, j'suis sûr qu'ils s'débrouilleront très bien sans moi, mais ils vont quand même me manquer, ces cons ! Prosper y compris. Faut oublier personne dans cette histoire. Après tout, il était pas obligé de raconter la vérité à mon frère. Il nous a réconciliés, en quelque sorte...

La journée tire à sa fin. Tophile a terminé de compter sa caisse. Alfred-le-vieux entre. Ma parole, ça fait longtemps qu'on l'a pas vu ici ! Qu'est-ce qu'il vient faire si tard ? Il parle tout bas à mon frère. J'me d'mande ce qu'ils complotent. Tophile finit par lui donner une tape sur l'épaule, avant de sortir du bistrot en fermant derrière lui. Toutes les lumières sont éteintes, y a pu que ma guirlande qui clignote. Alfred s'approche de ma niche et tire une chaise devant. Il s'assoit dessus et puis... rien. Il parle pas, il bouge pas. Il boit même pas un coup. Il est là, c'est tout. Il reste à côté de moi. Longtemps. Et moins il parle, plus je comprends. Il SAIT. *Pour Victoire et moi. Comment, aucune idée, mais il est au courant. J'en mettrais ma main à couper. Si Tophile lui a rien dit, alors il l'a deviné tout seul. Le pauv', j'le plains...*

Il éteint ma guirlande, nous v'là dans le noir maintenant ! C'est là, qu'il se décide à parler :

« J'espère qu'tu m'entends de là où t'es, car faut qu'tu saches une chose, mon vieux : Victoire est partie sans rancune envers toi... Tu sais, j'l'ai aimée toute ma vie. Mais j'ai pas été fichu d'lui dire comme tel. C'est moche, les regrets. Victoire avait raison : on est

pas éternels et si on a des choses à s'dire, ben faut pas attendre qu'il soit trop tard... Alors voilà, moi non plus, j't'en veux pas.

Si j'suis venu te voir ce soir, c'est grâce à quelqu'un de bien : Thérèse. C'est vraiment une chic fille.

Ta fille.

Tu peux être fier d'elle...

Bonne nuit, Roger. »

***

Épilogue

Assis côte à côte au bord de l'étang de Saint-Ruffiac, Alfréd et Chantal lançaient des bouts de pain aux canards. C'était à qui viserait le mieux les becs. Leurs doigts se rencontrèrent dans le pochon de pain presque vide posé entre eux. Ils retirèrent aussitôt leurs mains.

— Tu savais que Roger, le frère de Tophile, était mort ici ? demanda Chantal.

— Oui, et même que mon papi et ses copains ont vidé ses cendres au cimetière il y a pas longtemps.

— Ah bon ?

— Oui, Tophile a dit qu'il pouvait reprendre sa liberté…

Alfréd jeta un œil en coin à Chantal. Ses jambes se balançaient au ras de l'eau. Il prit son courage à deux mains :

— J'ai quelque chose pour toi, déclara-t-il.

Il sortit de son sac un paquet orange cabossé sur les bords.

— Mais… mais… c'est la danseuse-baromètre ! s'exclama Chantal. Je croyais que tu l'avais offerte à Mlle Le Tartonnec ?

— Disons que j'ai changé d'avis, répondit Alfréd en grattant son menton qui ne le grattait pas.

— Oh, merci, Alfréd ! Je suis tellement contente, tu peux pas savoir !!! s'écria-t-elle des étoiles plein les lunettes. Moi aussi, j'ai un truc pour toi.

Elle lui tendit une feuille pliée en quatre.

— Tu liras plus tard. Je sais que t'aimes bien les poèmes, alors je t'en ai écrit un.

— C'est vrai ? Ouah, tu voudrais être *écrivainte* plus tard ?

— J'y ai pas encore réfléchi, rougit-elle.

— Moi, je voudrais écrire un dictionnaire, dit le gamin, et aussi… bon, ça c'est moins sûr… – il hésita, et si elle se moquait de lui ? – devenir cow-boy.

— T'es déjà monté sur un cheval, toi ?

Alfréd baissa les yeux, honteux.

— Non, jamais… mais faut le répéter à personne.

Chantal se rapprocha de lui et lui fit un baiser – rapide – mais un baiser quand même, sur la joue. Il déglutit en regardant droit devant lui le groupe de canards qui s'éloignait.

— On va être en retard chez Nénette, finit-il par dire. Tu viens ?

C'était mercredi, jour sacré de la pâtisserie. Nénette était si contente qu'ils aient repris leur atelier qu'elle avait proposé au gamin d'emmener un copain avec lui de temps en temps. Il y était déjà allé une fois avec Glenn et Brieuc. Les jumeaux s'étaient tellement empiffrés de choux à la crème qu'Alfréd s'était promis de ne plus réinviter personne.

Mais Chantal, c'était pas pareil.

***

Alfréd était tout content : ce soir, il allait dormir chez son papi ! On était début mars, il n'y avait pas d'occasion particulière – ni vacances ni anniversaire –, mais ça faisait un bail que son grand-père ne l'avait pas invité. Dans son sac à dos, il avait fourré un pyjama propre, son carnet fétiche – dans lequel il n'y avait presque plus de place – et le poème écrit par Chantal qu'il gardait sur lui, de peur que quelqu'un ne le trouve dans sa chambre (un voleur, sa mère, ou un hors-la-loi en cavale). Tata Odette était partie aider Henri à Bordeaux. D'après ce qu'il avait compris, Henri était en plein divorce. Il avait entendu Agnès dire à la coiffeuse que l'amour rendait aveugle et que sa sœur s'embarquait dans un merdier sans nom. Mais ça ne semblait pas poser problème à tata Odette, bien au contraire…

Bref, ils étaient entre hommes ce soir, et c'était parfait comme ça. Ils soupèrent au son de la musette et discutèrent joyeusement autour d'un pâté de lapin. Alfred-le-vieux avait meilleure mine. Il retournait au bistrot et avait fabriqué un nouveau banc pour son jardin. Il avait passé tellement de temps sur l'ancien ces derniers mois qu'il avait décrété que son vénérable arrière-train méritait mieux que ça. Il venait de le terminer. Eugène et deux membres du clan Guézennec étaient venus la veille lui donner un coup de main pour l'installer dehors, à la place de l'autre. Le bois du dossier était tout sculpté. Le « V » de Victoire et le « A » d'Alfred s'entrelaçaient. C'était son plus beau travail de menuisier, à n'en pas douter. Le dîner terminé, ils avaient prévu de s'asseoir dessus pour contempler les étoiles. Avant de sortir, le gamin alla chercher un gros gilet dans la chambre de son papi.

— Ouah ! s'extasia-t-il en découvrant un magnifique coffret en fer repoussé posé sur la table de nuit de son grand-père.

Quand Alfred-le-vieux le rejoignit, il l'interrogea aussitôt :

— Où c'est qu't'as eu ça, papi ?

— C'est une longue histoire, mon gars, répondit celui-ci. J'te la raconterai plus tard.

— Mais c'est quoi ? insista le p'tit.

— Une sorte de… boîte à secrets.

— Et elle est costaud, cette serrure ? demanda-t-il en essayant de soulever le couvercle fermé.

— Pourquoi ? T'as envie d'*farfouiner* dans mes affaires, p'tit salopiot ?

— Non, pas du tout, papi ! C'est juste que… j'me demandais si… j'pourrais mettre des trucs à moi dedans ?

— Des trucs ?

Alfréd hésita :

— Ben, j'sais pas… des choses que j'voudrais cacher… Des poèmes, par exemple… c'est juste que j'ai pas envie que quelqu'un d'autre que moi les lise. Alors si t'es d'accord, on pourrait partager ?

Son grand-père sourit puis s'avança pour ouvrir le tiroir de la table de chevet. À l'intérieur, il y avait une jolie boîte à bijou rouge et dorée et, juste à côté, une clef.

— Voilà, tu sais où elle est main'nant. Tes secrets seront à l'abri là-d'dans…

— Merci, papi, t'es le meilleur ! s'exclama le gamin.

— Ah, mais j'y pense, j'ai mieux ! poursuivit son grand-père en se dirigeant cette fois vers son armoire. J'attendais une occasion spéciale, mais, après tout, tant qu'on y est…

Il sortit de l'armoire son chapeau de cow-boy. Le célèbre, le fameux, chapeau en cuir, celui qu'il mettait tout le temps jusqu'à ce que ses filles lui offrent un béret.

— Y risque d'être un chouia grand, mais j'me suis dit que ça pourrait te servir pour plus tard…

Le cœur d'Alfréd fit un bond : c'était le plus beau cadeau de la terre entière !

La nuit était claire et le ciel dégagé. Confortablement installés sur le nouveau banc, grand-père et petit-fils admiraient le spectacle en silence. Des milliers d'étoiles scintillaient au-dessus d'eux. Le gamin avait mis le chapeau de cow-boy. Il était trop large, mais ça n'avait pas d'importance. Alfred-le-vieux passa son bras autour des épaules du gamin. Ils se tinrent longtemps ainsi, sans bouger. Alfréd priant l'étoile qui était juste en face pour que ce moment ne s'arrête jamais et que le bras de son grand-père reste posé sur lui toute la vie. Alfred-le-vieux priant l'étoile d'à côté, pour que son p'tit gars soit suffisamment fort dans la vie et que les fourmis qui grouillaient dans son bras s'en aillent. Car pour rien au monde il ne l'aurait retiré des épaules du gosse…

Le lendemain matin, après une bonne nuit de sommeil, ils se préparèrent pour l'incontournable repas dominical chez Agnès. Au moment de quitter la ferme, Alfred-le vieux prit la tête du p'tit entre ses grosses paluches. Il renifla un coup avant de planter son regard clair droit dans le sien :

— C'est un grand jour, mon gars. J'espère que tu comprendras pourquoi qu'on a fait ça. Quoi qu'il arrive, j'suis fier de toi. Faut bien qu'tu l'sais.

Alfréd ne sut pas trop quoi répondre. Son papi avait l'air plus sérieux que jamais.

La cuisine d'Agnès était en désordre, elle courait dans tous les sens.

— Va enfiler une chemise tout de suite ! Et peigne-toi ! lui ordonna-t-elle dès qu'elle l'aperçut dans l'entrée. Allez, zou !

Il était déjà dans les escaliers, quand une voix dans son dos lança :

— Ben alors, mon mignon, on dit pas bonjour ?

C'était tata Odette. Elle lui colla un gros baiser sur la joue. Henri était là aussi.

— Mais j'croyais que vous étiez à Bordeaux ?

— On est r'venus exprès, répondit Odette sans plus d'explication.

Alfréd monta se changer. Qu'est-ce qu'ils avaient tous aujourd'hui ? C'était pourtant pas son anniversaire ! Il hésita à mettre son nœud papillon – et puis zut ! Sa mère lui avait dit de se faire beau. Dans le miroir de la salle d'eau, il écrasa ses cheveux comme il put. Ensuite, il frotta une tache de chocolat sur le coin de sa bouche. Sa mère ne se priverait pas de l'enlever elle-même sinon, à l'aide de son pouce et d'une bonne dose de salive. Apparemment, elle ne remarquait pas qu'il était devenu trop grand pour ce genre de choses. Il n'avait même plus besoin de monter sur un tabouret pour se voir dans la glace…

Lorsqu'il redescendit, ils étaient assis à table, sauf son grand-père qui avait disparu.

— La classe, bananas ! s'exclama Agnès en le voyant.

Elle sourit en gonflant les joues puis lâcha comme un petit pet avec la bouche. Ses doigts se mirent à tapoter la nappe blanche.

— Bon, ben… voilà, voilà…, dit-elle.

Elle avait mis une robe neuve (l'étiquette avec le prix dépassait encore de sa manche). Quelque chose clochait vraiment. Alfréd allait demander quoi, quand ça sonna. Personne ne bougea. Il se leva, suivi de près par sa mère. Quand il posa sa main sur la poignée de la porte d'entrée, Agnès posa la sienne sur son épaule.

Il ouvrit. C'était son papi.

— Ben, pourquoi qu'tu sonnes ?

Son grand-père lui fit un clin d'œil et s'écarta sur le côté. Derrière lui, il y avait quelqu'un :

— Salut Alfréd, ça m'fait plaisir de te rencontrer. J'm'appelle Rémi. J'suis ton papa.

INDEX DES PERSONNAGES

ALFRÉD, *héros* : Aime le calcul (pas du tout), la bruine (un peu), le cirque (beaucoup), son papi (à la folie), Mlle Annie (passionnément !).

ALFRED-LE-VIEUX, *papi du héros* : Meilleur papi de la terre entière, est amoureux de Victoire mais n'ose pas le lui avouer.

AGNÈS, *mère du héros* : Fille cadette d'Alfred-le-vieux, râle (souvent), boit (moins qu'avant) et fume (toujours autant).

BÉBERT, *copain* : Voisin des deux Alfred, maître de Joly Laryday, conduit (mal) une R5 pourrie.

BISCOTTE, *chien du héros* : Sait sourire, est obéissant (des fois), pue du bec (souvent).

CHANTAL, *copine* : première de la classe, surnommée « bigleuse » ou « binoclarde ».

ERNESTINE CORRIGOU, *copine* : Femme de Joson, vingt ans de moins que lui, mais vingt kilos de plus.

EUGÈNE, dit Gégène, *copain* : Meilleur ami d'Alfred-le-vieux, pilote une vieille mob' orange, est raide amoureux de la femme du notaire, maître de Pompi et Dou.

FÉLICIEN, *copain* : Fieffé menteur, panseur-de-feu autoproclamé, prétend savoir lire dans les pensées.

GLENN ET BRIEUC, *copains* : Jumeaux, Alfréd est le seul à savoir les différencier.

HENRI, *copain* : Fils de Titi et de Nini, grand gars solidement bâti, crâneur à ses heures, a bien réussi dans la vie (enfin, presque…).

JOSON CORRIGOU, *copain* : quatre-vingt-six ans, perd complètement la boule.

JEAN-PIERRE POILVERT, *ennemi juré du héros* : Terreur de la cour de récré, traite Alfréd de tous les noms (mais ne perd rien pour attendre !).

LA COIFFEUSE, *copine* : Rousse, blonde ou brune selon les chapitres, mère des jumeaux Glenn et Brieuc.

LA FEMME DU NOTAIRE, *autre* : Rousse, chignons impeccables, pas aimable.

LA VEUVE TRICOT, dite Didile, *copine* : Torchée du matin au soir et vice versa, reine de l'insulte, n'a pas eu de chance en général.

LES GUÉZENNEC, *copains* : Grande famille dont tous les membres, hommes et femmes, se ressemblent.

MADELEINE, *grand-mère du héros* : Femme d'Alfred-le-vieux, sale caractère.

MARCELLIN, *copain* : A une jambe en moins et deux fois plus d'humour.

MARTHE, *copine* : Femme de Tophile, patronne du bistrot, grasse comme une oie farcie.

MLLE ANNIE LE TARTONNEC, *princesse* : Maîtresse d'école qui ressemble à France Gall, taches de rousseur sur le haut du nez, jolie et intelligente, bref… parfaite !

MME GOUILLETTE, *copine* : La boulangère, surnommée « la charolaise » parce que c'est une grosse blonde avec des cils et des sourcils blancs.

NÉNETTE, *copine* : Meilleure amie d'Alfréd, pâtissière hors pair, pleine d'arthrite.

NINI, *copine* : Femme de Titi, mère d'Henri et amante de…

PATRICK, *copain :* Dans la classe d'Alfréd, sait faire de super grimaces.

PROSPER LE GOFF, *plus ou moins copain* : Voix de ténor, costumes chics, apprécié des femmes, mais pas des hommes.

ROGER, *copain* : Jeune frère de Tophile, mort il y a quarante ans, repose dans une urne au fond du bar.

TATA ODETTE, *tante du héros* : Fille aînée d'Alfred-le-vieux, infirmière, lit des romances (quand elle déprime).

THÉRÈSE, *copine* : Fille de Victoire, a toujours l'air triste, se confond avec la tapisserie.

TITI, *copain* : Marié à Nini, fait du diabète.

TOPHILE, *copain* : Le costaud de la bande, patron du bistrot, toujours sobre.

VICTOIRE, *copine* : Éternellement jeune, amour de toujours d'Alfred-le-vieux.

Si on ouvrait la boîte à secrets des deux Alfred… juste pour voir ! (Extraits)

Poème numéro 1 pour Mademoiselle Annie :

Une charmante blondinette,
Ficelée comme une paupiette.
Toujours à l'heure à l'école,
Elle est devenue mon idole.
J'ai le cœur ~~tout chaud~~ en artichaut,
Je veux être son héros.
Je l'adore de tous les bouts,
Et lui fais les yeux ~~flous~~ doux.
Elle aime la poésie
Et puis aussi l'anis~~se~~,
C'est Mademoiselle Annie !

Alfréd

Poème numéro 2 :

Plus belle qu'une ~~actrice~~ speakerine,
Intelligente et fine,
C'est une ~~fée~~ princesse,
Déguisée en maîtresse.
J'en pince pour elle,
Elle me donne des ailes.
Je suis en pleine adoration,
Et rempli d'affection.
C'est la plus jolie,
C'est Mademoiselle Annie.

Alfréd

Cher Alfréd,
Avec toi, je ne m'ennuie jamais
Pour s'amuser, tu es toujours prêt :
Choisir une danseuse à paillettes
Avec une passoire sur la tête,
Qu'est-ce que c'était chouette !
Piquer des bonbons,
Quelle belle expédition !
Voir de Funès au cinéma,
En mangeant du chocolat
Il y a pas mieux je crois.
J'aime bien être avec toi,
On rigole à chaque fois.
T'es un peu nul en calcul,
Mais en dictée, t'es surdoué.
Le roi de la baston,
Qui sait donner des gnons.
Poilvert a eu sa raclée,
Tu lui as mis sa pâtée !
Sur toi, je peux vraiment compter.
Tu ne m'as jamais laissée tomber.
J'espère qu'on restera amis,
Au moins pour toute la vie.

Chantal

Saint-Ruffiac, 13 octobre 1933

Chère Victoire,

Je ne sais pas trop par où commencer, je ne suis pas le roi de la causerie... Alors je vais être franc avec toi : tu es une fille bien, drôle et intelligente. Mais je ne suis pas prêt à devenir père, ni à rester vivre à Saint-Ruffiac. Moi, ce que je veux, c'est monter à Paris, avoir ma petite affaire et gagner de l'argent. C'est mon rêve depuis toujours et je suis sûr que j'y arriverai. Et puis tu me connais, j'ai la bougeotte, il faut que je voie du pays.

Ce n'est vraiment pas un gars comme moi qu'il te faut. Tu mérites mieux (et je ne dis pas ça pour faire beau dans la lettre). Je sais que ton Alfred s'est marié et que ça te rend malheureuse. Je suis désolé pour toi, ça n'aurait pas dû se passer comme ça...

J'aimerais t'enlever ta peine, crois-moi. J'espère que tu trouveras le bonheur d'une manière ou d'une autre. Je suis sûr que tu ne resteras pas seule longtemps.

Reçois, chère Victoire, mes plus tendres baisers,

Roger

Septembre 1973

Mon cher Alfred,

Voilà des lustres que je ne t'ai pas écrit. Fut un temps, c'est tous les jours (ou presque) que je t'envoyais des mots. J'en ai la plume qui tremble, tiens (et ce n'est pas à cause de la trouspignôle...) ! Tu vas te demander : pourquoi une lettre, plutôt qu'une franche discussion ? Peut-être parce que c'est plus facile. Je ne sais pas encore quand je te la donnerai, mais au moins, ça sera écrit noir sur blanc. C'est déjà un bon début, je trouve.

Je ne vais pas y aller par quatre chemins : je sais qu'une question te turlupine. Pas besoin d'être un génie pour le deviner, je te connais par cœur, tu devrais pourtant le savoir ! Tu te demandes QUI *est le père de Thérèse et tu n'arrives pas à m'en parler. Ce n'est pas faute de t'avoir tendu la perche, mais vous êtes coriaces, toi et ta foutue tête en bois ! Je crois que le passé a décidé de refaire surface entre nous et qu'il vaut mieux le regarder droit dans les yeux.*

Alors voilà : à l'époque, je t'en voulais beaucoup de m'avoir abandonnée pour Madeleine. J'étais triste et j'ai trouvé à me consoler dans les bras de Roger... Roger, j'aimais son entrain et son insouciance, tout ce qui me manquait à cette période. Entre nous, c'était une amourette, juste pour oublier. Et puis, je suis tombée enceinte. J'ai tout de suite su que je garderais cet enfant. La vie avait décidé que je n'en aurais pas avec toi, alors je l'ai pris comme un cadeau du Ciel. Que Roger soit d'accord ou pas m'importait peu. Je dois même avouer que sa réaction m'a arrangée...

Tout ceci n'est ni un conte de fée, ni un drame. Je dirais que c'est la vie, tout simplement.

Ah, mon Alfred, le destin n'a pas été tendre avec nous, mais on s'en sort plutôt bien je trouve : on a gardé notre humour et la trouspignôle ne nous fait pas flancher !

Plaisanterie à part, j'aimerais te demander une faveur... Sois bon avec Thérèse, s'il te plaît. Quand je m'en irai, elle n'aura plus de famille. C'est une fille sensible et intelligente. Je n'ai pas toujours été une bonne mère avec elle...

Mon cher ami, à l'aube de la fin (ou à la fin de l'aube, on ne sait plus trop bien !), j'aimerais te dire une chose, une seule :

Tu es et resteras l'homme de ma vie.

Ta (sacrée !) Victoire

Remerciements

Merci à Maman Donnée pour son écoute et son avis précieux entre tous, à Pyo pour m'avoir lu *Fantômette* et *Les Lettres de mon moulin* quand je suçais encore mon pouce, aux Wasœurs, premières fans de mon cœur, à Mamie pour ses fabuleuses histoires, à ma tata Odette pour son incroyable mémoire (mieux que *Le Petit Robert* !), à Claire pour sa folle énergie, à Olivier pour son amitié sans faille, à Nanou et Philippa pour leur présence malgré la distance, à Patrick, ma bonne étoile bretonne, aux libraires et aux lecteurs pour leur formidable accueil, à Mat (un coauteur qui n'a pas sa langue dans sa poche !) pour son inébranlable soutien et enfin à mon P'tit Monsieur, soleil sur mes cils…

Imprimé en Espagne par:
BLACK PRINT
en mai 2020

La photocomposition de cet ouvrage
a été réalisée par
GRAPHIC HAINAUT
30, rue Pierre Mathieu
59410 Anzin

S30696/01